JOSÉ ABAD

Salamandra

NOVELA

𝄞

ALMUZARA

Editorial Almuzara • Colección Tapa negra
Edición de Javier Ortega
Director editorial: Antonio Cuesta
www.editorialalmuzara.com
pedidos@almuzaralibros.com - info@almuzaralibros.com

Imprime: Gráficas La Paz

ISBN: 978-84-18205-59-0
Depósito Legal: CO-1304-2020
Hecho e impreso en España - *Made and printed in Spain*

Per Barbara,
ieri, oggi e domani.

Índice

Habitaba en un mundo pequeño, cerrado, negro.
Raymond Chandler

Es muy importante apartarse del cadáver sin mirarle.
Manuel Vázquez Montalbán

CAPÍTULO 1
PERSONA NON GRATA

¿Desde cuándo no regresas a Sicilia? Raven aguardaba la pregunta. Durante la charla previa, Don Matteo Santoro estuvo a punto de hacérsela en un par de ocasiones, pero cierto sentido de la cortesía —si bien vago, no despreciable— y el deseo de conseguir el estado de ánimo conveniente lo habían llevado a dar rodeos en torno a la cuestión sin decidirse a abordarla. Estaban uno frente al otro, sentados en dos imponentes sillones de cuero; tenían una mesita de cristal de por medio y, encima, sendos vasos vacíos. La temperatura del apartamento era acogedora gracias al aire acondicionado; no obstante, el silencio exterior debía interpretarse como secuela inequívoca de los treinta y tantos grados que habían batido las calles de Roma aquella jornada. La ciudad, a través de las cortinas, era una acuarela desvaída. ¿Cuántos años llevas fuera de Sicilia? Así planteada, la pregunta abría un camino oblicuo.

—¿Cuánto tiempo, eh? —insistió el capo imprimiendo una cadencia dulzona a la voz, mientras sus manos tensaban la ballesta.

—Seis o siete años —respondió Raven.

No era sensato mentir: Don Matteo estaba al corriente de todo. Velasco había subrayado la frase que ahora resonaba en su cabeza: «No se te ocurra jugar con él». No, no lo haría, no jugaría con él. Matteo Santoro no era mal patrón, le había ofrecido un par de trabajitos en lo que iba de año, fáciles y bien retribuidos; estaba contento con sus servicios y convenía no defraudarlo, pero ¿cómo contar lo sucedido y salir indemne? ¿Cómo decir la verdad sin que la mierda te salpique?

—Usted conoce la historia. Eran años revueltos y son cosas que pasan —Raven fue escanciando lentamente unas frases ya preparadas—. No digo que me haya arrepentido, no hablo de arrepentimiento, no es eso. Estuve con Salinari varios años; en el tráfico de armas principalmente. Conocimos buenos tiempos, usted lo sabe, pero terminó creándose un clima tenso, de todos contra todos. Salinari estaba más preocupado por satisfacer sus manías que en hacer negocios. La historia debía acabar mal a la fuerza.

—Fuiste su mano derecha.

—Un par de años.

—¿Entonces?

Raven recurrió al cinismo como vía de escape:

—Podría decirse que me limité a hacer mi trabajo.

—¡Pero hay una cosa llamada lealtad! —exclamó Don Matteo, complacido por el desliz del pistolero. Una lágrima de maldad asomó a su ojo derecho—. Que tú liquidaras a un tipejo por orden suya excluía la posibilidad de que lo eliminaras a él por orden de otros. Hay que ser coherentes, ¿no? Veamos, démosle a nuestras acciones el nombre que se merecen. Has robado para mí, ¿debo entender que me robarás en el futuro?

Raven no respondió. Le convenía fingir perplejidad, aturdimiento incluso, ante ese pasado voraz que nos sigue el rastro y engorda nuestra sombra, impidiéndonos avanzar. Titubeó con la debida compostura: «A veces no se puede elegir, usted lo sabe», comentó. Don Matteo pareció comprender esto a la perfección; la expresión del capo perdió severidad, se enjugó la secreción maligna con la punta de un pañuelo y volvió a ser quien era.

—Bueno, bueno, bueno. A Salinari le diste el pasaje en mayo de 1998, hace siete años de eso, ¿luego?

—No he vuelto. Una docena de conocidos nuestros me despellejarían vivo en el instante mismo de poner un pie en Sicilia.

—¿Lo harías por mí? ¿Regresarías a Palermo por mí?

—Usted sabe que sí.

Matteo Santoro suspiró largamente y el suspiro se impuso unos segundos al silbido oculto del acondicionador. El capo entrecruzó sus manos de momia, nudosas, oscuras, y se las quedó mirando. Cuando se percató del gesto, movió los dedos enjutos para desentumecerlos, como si los desplazara a lo largo de un piano invisible, comprobando que reaccionaban correctamente al contacto de las teclas. Inquietante pianista e inquietante melodía la que le inspirara la musa.

—Yo llevo quince años fuera —musitó—. Recuerdo perfectamente el día en que abandoné Sicilia, el 21 de diciembre de 1990; empezaba el invierno. A veces no se puede elegir, es cierto... Las cosas se estaban poniendo feas, ¡muy feas! Estuve a punto de ser procesado en el 85, imagino que lo sabrás. Me libré gracias a la intercesión de gente importante... Gente importante y agradecida que jamás olvidó cuánto me debía. Pero ya nada fue igual. En ningún momento colaboré con la policía, me habría dejado arrancar la lengua antes de hacerlo, pero no me creyeron, nadie me creyó. Unos y otros me pusieron en sus listas negras. Y el equilibrio se había roto; las relaciones entre las familias se habían deteriorado, los negocios no eran los mismos y los corleoneses resolvían sus diferencias a tiro limpio, como si estuvieran en una maldita película de gánsteres. De no haber sido por la enfermedad de mi esposa, me habría largado antes. Después ella murió y… En fin, hice lo que debía al marcharme. Tampoco yo me arrepiento. Como has dicho tú, la historia sólo podía terminar mal.

—Sí.

—No te reprocho que dieras el pasaporte a Salinari; fueron los tipos como él quienes hicieron la situación insostenible. Ya sabes lo que pienso de ellos, ¡los detesto! Del primero al último, ¡a todos! Está bien matar o morir en las propias guerras, ¡quién lo discute!, pero no hacer de sanguijuela en las ajenas. He vivido la guerra de pequeño, la guerra de verdad, la Segunda Guerra Mundial. Me acuerdo de los bombardeos que arrasaron Palermo. Recuerdo las sirenas, el ruido de los aviones, las explosiones. Recuerdo el miedo. Tampoco es fácil olvidarlo; medio siglo después, algunas casas continuaban tal como estaban al final de la contienda, en ruinas.

—Continúan, Don Matteo.

—Y continúan, ¿no es así? Por eso, porque conozco el miedo, y sé cuáles son las responsabilidades de los hombres de honor, nunca secundé a quienes ostentan hoy ese nombre. No lo tienen. El honor, digo. No lo tienen. Son caricaturas de los verdaderos padrinos. ¿Sabes cómo han llamado a los de mi generación? Los últimos mohicanos, así nos han llamado —a Don Matteo le satisfacía esa imagen novelesca—. Preferí marcharme cuando todavía existía la posibilidad de hacerlo con la cabeza alta, pero pocos aprendieron del ejemplo. Por lo que sé de Salinari, merecía cuanto le hiciste. En estos tiempos el hombre de honor no cumple con sus obligaciones. No da protección, no hace de intermediario, no salvaguarda la comunidad. ¡Nosotros lo hicimos durante décadas! Incluso el juez Falcone, en ese libro suyo, ¿cómo se titula?, incluso él lo reconoció. Nosotros hemos estado haciendo política, ¿me entiendes? Los corleoneses se ven a sí mismo como cowboys en una película del Oeste. ¡Patético! Esos miserables han hecho de Sicilia una tierra ingrata. Han impuesto una dictadura, ¿te enteras? ¡Una dictadura! Nuestro patriarcado ha caído en manos de psicópatas.

Por el brillo de sus ojos, encharcados en algo que no era exactamente lágrimas, y por la contundencia con que golpeaba las palabras, Raven entendió que Don Matteo le estaba abriendo las entrañas. El capo había cerrado el puño y lo mantenía adelante y apretado, como si estrujara el racimo de sus razonamientos, complaciéndose en ver el jugo correr entre sus dedos, saboreando esas verdades minúsculas que lo ayudaban a dormir sin problemas de conciencia. Un hilillo de baba lubricaba la comisura de la boca; no hizo nada por limpiarse.

—Me he resignado a morir lejos de Palermo. Fue mi hogar, la tierra que nos vio nacer a mí, a mi esposa, ¡que en paz descanse!, y a mis hijos. Pero ahora es un lugar inhóspito. ¡No la necesito! La he arrancado de mi corazón —Don Matteo extendió un brazo hacia el exterior sin girar el cuerpo—. Roma me ha acogido como a un hijo. Roma es una buena madre. Roma me basta.

Se habían acabado los preámbulos. Llegaba el momento de discutir el motivo de la reunión. El diálogo, no obstante, continuó con otra pregunta indirecta: «¿Conoces a mi hija Virginia?». Don Matteo sabía de sobra que la conocía. Raven contestó que sí, por supuesto, usted mismo me la presentó. Y le vinieron a las mientes unos ojos grandes y grises, una muchachita de gesto adusto que entraba y salía de un coche sin mirar quién le abría la puerta, una figura apartada en el extremo de una terraza en una tarde de viento, unos parasoles de color azafrán amenazaban con salir volando…

—Se ha ido de casa. Hace una semana.

El pistolero ensayó un gesto adecuado al comentario,

bajó la vista al suelo, movió la cabeza ligeramente. Procuró no exagerar los signos de la preocupación:

—No es la primera vez, ¿verdad?

—No. Es la tercera vez en los últimos tres años. *Minchia*! —hubo una sonrisa apenas esbozada—. Se ha convertido en una especie de costumbre. A principios de agosto alguien me dice que la niña ha salido a escondidas de casa, que todavía no ha regresado, que nadie sabe dónde está. Por poco no me da un infarto hace tres años. Temí un secuestro. Algo peor. Su hermano... ¿Conoces a Salvatore? ¿Sí? Pues bien, ella se lo cuenta todo a él y él me lo cuenta todo a mí. Salvatore me dijo que no me preocupara y me explicó qué había hecho. ¡Que no me preocupara!

Raven aceptó el silencio impuesto por Santoro.

—Hemos estado hablando de Sicilia, de recuerdos. Un viejo como yo y un joven como tú, que nos hemos hecho a nosotros mismos allí, ¿y cuáles son nuestras conclusiones? Que la nostalgia es inútil, ¡una extravagancia! La reflexión sobre lo útil y lo inútil es señal de madurez, estarás de acuerdo conmigo. En cambio, Virginia es una chiquilla y una presa fácil de esas emociones: los recuerdos, la melancolía, esas gilipolleces. Su madre murió cuando ella tenía tres años. Me he desvivido para que no le faltara de nada, pero nada puede sustituir el cariño de una madre. Mi hija, ¿cómo te lo explicaría? —Don Matteo se tomó un nuevo respiro. Cuando hubo reunidas las palabras, continuó—: No pienses que es una crítica, ¿eh?, pero mi hija ha mitificado a su madre. No creo que se acuerde de ella, ¡imagínate!, no había cumplido tres años... Ningún recuerdo. Ni de su madre ni de Sicilia. Ninguno. Sin embargo, esto no le ha impedido construirse una memoria con ambas.

—Una memoria falsa.

—Yo lo veo como la autohipnosis, ¿has oído hablar de la autohipnosis? —le gustaba el sustantivo; lo repitió aún—:

¡Autohipnosis! Yo tengo parte de culpa. Palermo ha aparecido demasiadas veces en mis conversaciones. Todo esto se acumula, confunde, abre heridas. Virginia se escapó hace un par de años para llevar un ramo de flores a la tumba de su madre. Me asusté, lo reconozco. Estuvo tres días fuera. Cogió el tren de Roma a Palermo, durmió en una pensión piojosa, recorrió el cementerio hasta dar con la tumba, la limpió de hierbajos, le puso flores, habló con su madre y lloró todo el tiempo, eso dijo. No sabía si darle un abrazo o una bofetada.

—Es una chica valiente.

—¡Sí! La sangre de los Santoro está en cuanto hace. Pero es fácil imaginar qué habría sucedido en el caso de haberla descubierto uno cualquiera de mis enemigos. ¡Claro! Nadie sospecharía una visita semejante, ¡en qué cabeza cabe! Cuando dejé Palermo, hice tabla rasa. Allí no me queda ningún familiar, ningún amigo, ningún socio, nadie que reconozca como tales. Sólo las tumbas de quienes lo fueron. ¡Quién pensaría en un regreso mío o de uno de los míos!

—Pero el año pasado repitió la hazaña.

—Yo creía que se trataba de una de esas locuras que se cometen una vez en la vida, una estupidez que satisface las manías de un momento dado, que no se repetiría, pero el año pasado, a principios de agosto, Virginia volvió a irse. En esta ocasión estuvo fuera cuatro o cinco días. El viaje fue un reencuentro con sus orígenes, con la tierra de sus ancestros. Estuvo en Agrigento, ¿sabes? Mi mujer era de allí. El día del cumpleaños de su madre lo pasó en Palermo, arreglando la tumba, poniéndole flores, todo eso. En vista de que la historia se repetía, envié a Gabriele «Chiodofisso», tú lo conoces, para que la trajera de vuelta.

—¿Algún problema?

—Ninguno. Pero más tarde me percaté del error. Nadie sería capaz de distinguir a Virginia entre un millar de adolescentes, ni en el tren ni en las calles de Palermo, en ningún sitio. Sin embargo, tipos como Gabriele trabajan conmigo desde hace treinta años y jamás pasan desapercibidos. Era más probable que lo descubrieran a él o a otro como él antes que a mi hija. ¡Vaya plan! Debería haber enviado a alguien no relacionado con los Santoro; uno de confianza, por supuesto. Me di cuenta tarde.

El capo se recostó en el sillón.

Los dedos se encontraron bajo el mentón.

—Debemos hacer tesoro de la experiencia y este año, digámoslo así, Virginia me ha dado la posibilidad de rectificar. Ha vuelto a marcharse, todavía no me explico cómo; ni siquiera Salvatore lo sabe. Le puse vigilancia, no le quitaban el ojo de encima, y aun así se nos ha escapado. Desde ayer no sé nada de ella. Supongo que quiere recorrer Sicilia de nuevo, conocerla mejor. Dentro de tres días, el seis de agosto, estará en Palermo.

—¿El próximo sábado?

—El sábado, sí. Su madre, que Dios la tenga en su gloria, habría cumplido cincuenta y dos años el día 6 de agosto. ¡En fin! Resumiendo: tenemos a una jovencita metiéndose en la boca del lobo sólo para honrar un recuerdo. El gesto es bellísimo, cómo podría pensar de otra manera, ¡por Dios!, bellísimo e insensato. No creo que ocurra nada. Probablemente, mis enemigos se habrán olvidado de mi existencia. El tiempo calma las cosas, desgasta las montañas, reduce a polvo la roca, está convirtiendo el mundo en un desierto. Pero prefiero no arriesgarme. Si le sucediera algo, si le sucediera como a Salvatore, no me lo perdonaría jamás.

Raven sabía que el hijo mayor de Don Matteo, de veinticinco años, vivía en silla de ruedas desde los nueve. Paseaban en coche por Palermo y alguien disparó cuatro escopetazos contra el vehículo; el niño actuó de escudo.

La escena parecía estar pasando delante de Don Matteo en aquel momento. La disipó con una palmada.

—Cuando se es padre, se es para siempre. Se es padre cada hora del día, cada día del año, hasta el final. Esta historia tiene que acabar —exclamó con un deje de hastío—. El próximo año enviaré a Virginia a los Estados Unidos a estudiar. América le sentará bien. La distancia ayuda a olvidar, ¿no hemos dicho eso? Pero entretanto hay que traerla de regreso. Pacíficamente. Sin reproches ni reprimendas. No quiero echar más leña al fuego.

—Ningún problema por mi parte —respondió Raven, y era cierto. Ese momento llegaría tarde o temprano y así lo expuso—: Debía volver antes o después y ésta es una ocasión tan buena como cualquier otra.

No había sorpresa en la voz de Santoro, aunque en sus palabras pareciera que sí:

—¿Sabes por qué he pensado en ti? Nos conocemos desde hace poco, pero me has demostrado que eres de fiar y que te gusta hacer las cosas bien. Contándote esto te pongo un as en la manga. Muchos pagarían espléndidamente esta información. Sin embargo, te lo cuento porque me fío de ti.

—Y yo se lo agradezco.

Don Matteo cerró los ojos, ladeó la cabeza, asintió.

—La gratitud también es una virtud.

Toda aquella palabrería era sólo la punta del iceberg, una porción mínima de los pensamientos de ambos. El capo había evitado con elegancia el punto fundamental. Raven era un profesional, un tipo en quien confiar, y muy pocos lo relacionarían con el clan Santoro, de acuerdo. Conocía Sicilia y había vivido en Palermo, pero asimismo, o sobre todo, tenía tantos enemigos en la región que difícilmente podía hacer nada salvo ir y regresar a Roma sin pérdida de tiempo. Don Matteo no habría encontrado un candidato mejor.

Todavía se demoraron en el plan de acción. Santoro subrayó la idea principal: «No quiero echar más leña al fuego», repitió. Raven saldría hacia Palermo la mañana del viernes, 5 de agosto, y localizaría a Virginia —le dio dos direcciones, las de las pensiones donde se hospedó en las escapadas anteriores—, le permitiría celebrar los ritos funerarios y cogerían el avión de vuelta a Roma el sábado por la noche o el domingo por la mañana, sin prisas. Esto quedaba a su arbitrio. Cuando se marchaba, le tendió la diestra. Raven imaginó que se trataría de un simple apretón de manos; el otro retuvo la suya con una sonrisa de expectación, no de simpatía.

—No suelo equivocarme en mis elecciones.

El comentario no era una afirmación, sino una especie de acertijo; Raven no podía errar la respuesta. Dijo:

—Tampoco esta vez lo ha hecho.

—Y nada de nostalgias.

—Usted lo ha dicho.

La mano del viejo se relajó entre sus dedos, se saludaron, y Raven salió del salón cerrando la puerta con cuidado. En el pasillo, pese al runrún del aire acondicionado, la temperatura no era tan fresca. Un tipo con cara de cemento, uno de esos a quienes no se les oye respirar, le indicó la salida. Lo acompañó al vestíbulo sin abrir la boca, sin traslucir la menor emoción. Al pasar delante de la cocina, a través de una puerta abierta, Raven vio a otro guardaespaldas manejando con sorprendente torpeza un cuchillo contra un tronco de mortadela. El de la cara de cemento no se apartó de su lado hasta que no estuvo dentro del ascensor y las puertas se cerraron.

En la calle aún hacía calor. El sol había lamido el asfalto, las fachadas, los tejados y su aliento flotaba en la luz tenue de la tarde. Se presentaba una de esas noches en que se suda en el sueño, si llega. Cogió un taxi hasta la estación Termini. Maletas, bolsas, carreras, prisas, voces, altavoces, empujones, papeleras hasta los topes, papeles en el suelo, algún ladronzuelo escondido tras una mueca de indiferencia y, al fondo, los vagones de los trenes en claroscuro. Entró en la estación sumándose a la riada humana, curioseando entre los turistas, observando la expresión coloradota de quien llega a Roma para llevarse unos días inolvidables y un centenar de fotos en la memoria digital de la cámara. Se detuvo en una cabina telefónica, junto a una escalera mecánica por donde asomaban continuamente nuevos rostros.

Velasco respondió nada más sonar la primera señal.

—Tal como imaginaba, debo ir en busca de la chica.

¿Y le has dicho que sí?

—¿Me quedaba otra alternativa? —Raven cambió el auricular de mano—. Si actúo con discreción no hay por qué preocuparse. No es un encargo complicado. Eso sí, necesito un apoyo en Palermo.

¡Ya! Déjame pensar…

—Tiene que ser alguien fuera de juego, ya me entiendes. Que no esté en buenas relaciones con nadie que tenga cuentas pendientes con Santoro o conmigo.

Se me ocurren un par de nombres, pero hace mucho que no sé nada de ellos. ¿Te acuerdas de Gaspare Bonavolontà?

—Claro que sí. Sería un buen elemento.

Debo sondearlo. ¿De cuánto disponemos?

—Cojo el avión el viernes temprano.

Veré qué puede hacerse. ¿Sigues en el mismo sitio?

—Sí, voy para allá.

De acuerdo. No te alejes en las próximas veinticuatro horas. Llévate una puta al cuarto para que te haga la espera más llevadera, pero no te alejes.

—No estoy para putas, Velasco. Esta noche, no.

Pues descansa, te hará bien. Apenas sepa algo, te llamo.

Colgó el auricular y el silencio sucesivo puso en evidencia la pugna entre el presente y el pasado, entre el suelo que pisaba y el que pisó. Había un charco invisible alrededor; los recuerdos hundidos en el fondo desdibujaban el reflejo de la superficie. Antes o después tenía que suceder, ¿no había dicho esto?

Abandonó la estación por una salida lateral.

En las inmediaciones de Termini había encontrado una pensión perfecta. Pequeña, limpia, fresca, discreta, barata. Nadie hacía preguntas nunca y aquella noche tampoco las hicieron. Comunicó en recepción que dejaría el cuarto el viernes por la mañana. El encargado, un tipo menudito y metódico, se limitó a decir muy bien, señor, como usted diga.

En la cama, Raven repasó mentalmente cuánto había dado de sí la jornada. De manera insistente, el pensamiento se detenía en las últimas palabras de Santoro, unas palabras inocuas: «Buen fin de semana».

Hacía calor y tardó en dormirse.

CAPÍTULO 2
MI NOMBRE ES NADIE

En vista de que le resultaba imposible ocultar su ascendencia mediterránea o eliminar un deje extranjero al hablar en italiano, Raven se sirvió de un pasaporte español; no era la primera vez que se hacía pasar por español. Compró *El País* antes de subir al tren hacia el aeropuerto y lo sostuvo en la mano como parte del disfraz. Lo abría a cada mínima oportunidad y se demoraba en sus páginas. En la portada destacaban dos noticias: el gobierno español había suspendido a unos guardias civiles implicados en la muerte de un detenido y Al Qaeda amenazaba a Inglaterra con nuevos atentados si no retiraba sus tropas de Irak. Leyó un artículo sobre el sexagésimo aniversario del lanzamiento de la bomba atómica en Hiroshima y dejó a mitad otro sobre el riesgo de ser musulmán en Rusia. Hojeó con desgana las páginas de cultura y espectáculos. Quiso hacer un crucigrama, pero lo abandonó nada más presentarse el primer contratiempo: primera línea horizontal, cuatro letras: «Te derrites por alguien», y al lado la leyenda: «La solución a los pasatiempos se publicará mañana».

En el aeropuerto, ningún problema. O casi. A pesar de tratarse de un vuelo interno, un agente quisquilloso se empeñó en revisar el pasaporte. El policía frunció el entrecejo; algo no le convencía y echó un largo vistazo al documento. Finalmente, el trabajo de falsificación, de una calidad excelsa, superó el escrutinio y Raven pasó a la zona de embarque. Había en efecto un detalle delator que al agente se le escapó: Raven llevaba puesta la misma camisa de la fotografía en un pasaporte, según el matasellos, expedido en Madrid tres años antes. El desliz no le acarreó ningún disgusto.

Como llegaba con anticipación y el avión saldría con retraso, compartió la sala de espera con una veintena de personas, turistas en su mayoría, que se triplicó en los últimos minutos. La calma era rota únicamente por las sempiternas melodías de los móviles, cuyos tonos, según el radical eclecticismo de la tecnología moderna, reproducían desde el zumbido de un mosquito hasta la obertura de la Carmen de Bizet, también la sirena de un barco en la niebla, y el guirigay de unos gatos. Una mujer paseaba adelante y atrás a un niño en esa edad en que todo se hace en voz alta; esa edad en que se habla, se ríe y se llora con todo el aire de los pulmones.

El pequeño le preguntaba:

—¿Y qué viene después del treinta y ocho?

—Treinta y nueve —respondió la madre.

—¿Y después del treinta y nueve?

—Después, cuarenta.

—¿Y después del cuarenta?

Un vuelo tranquilo, de apenas una hora. Tuvo suerte: le tocó la ventanilla, su compañero de asiento no intentó entablar amistad y el café que le ofreció la azafata no estaba mal. Nada favorecía que en ese trozo de cielo entre Roma y Palermo saltase la chispa, pero saltó. *Regresaba a Sicilia*. El capricho de una jovencita convencida de que la juventud es inmune a los zarpazos del mundo lo devolvía a los dominios del cíclope, aquella bestia solitaria y voraz de la leyenda. En Sicilia nadie dudaba de la existencia de monstruos. Tampoco él. Estuvo a su lado, a sueldo; era uno de ellos. La fábula de Ulises y el cíclope le entretuvo el pensamiento. Mi nombre es nadie, grita el hombre al monstruo. Bien… Esta consigna volvía a ser la de hoy. Raven debía ser uno cualquiera, nadie. Desde que pusieran precio a su cabeza, su vida valía lo fijado por la recompensa. No era nadie, en resumidas cuentas. ¿Por qué temer?

El avión maniobró a lo largo de la costa para encarar la pista de aterrizaje de Punta Raisi. Reconoció las siluetas de Monte Pellegrino y Monte Gallo, el puerto de Sferracavallo, el islote de Isola delle Femmine, paisajes y escenarios de antaño que despertaron imágenes dormidas. En cierta ocasión estuvo escondido en una buhardilla de Sferracavallo cuarenta días con sus respectivas noches. Tenía que desaparecer y desapareció; el de la invisibilidad era otro hábito antiguo. Durante la cuaresma se limitó a fumar, leer y dormir. El tipo que le daba refugio, Dante Nigro, tenía una biblioteca sorprendentemente bien pertrechada y, cuando subía la bandeja con la comida, le renovaba puntualmente la lectura. «Tras este retiro volverás al mundo más sabio», solía bromear. Le vino al recuerdo el flash de una ventana con los cristales rotos.

El mar se acercó, el avión descendía, y distinguió varias embarcaciones en un mar azulísimo y, acto seguido, una línea de escollos coronados por espuma, un terreno inculto, el asfalto… El rugido de los motores brotó de la violencia conjunta de tomar tierra y frenar antes de que la pista se acabase. Algún asustadizo se desahogó con un pequeño aplauso, varias risitas nerviosas culebrearon entre los viajeros. La azafata le deseó una feliz estancia en Palermo mientras desembarcaba. Una vez en el aeropuerto, Raven se dirigió directamente a la salida; su equipaje se limitaba a una bolsa de mano que había llevado consigo. Cruzó las puertas correderas, la última frontera, y sus ojos se encontraron con los de Gaspare Bonavolontà.

—¡Gaspare!

Gaspare Bonavolontà no era mucho mayor que él —tendría cuarenta y pocos años—, pero la vida lo había agostado prematuramente. Exhibía una ostentosa barriga y una alopecia galopante. (La tonsura le daba un equívoco aire monacal). Tenía los ojos hinchados por el alcohol y la piel tirante, y caminaba mirando a los pies de los demás. La sonrisa cómplice y el mohín de entendimiento fueron aumentando conforme se aproximaban. Raven le devolvió la sonrisa: Bonavolontà no era mal tipo. Si actualmente estaba fuera de la circulación se debía a su facundia; jamás reveló nada que debiera callar, pero a nadie le gusta depositar su confianza en un gárrulo como él. Ahora parecía resignado a una tautología aplastante: Hago lo que hago, soy lo que soy.

Gaspare avanzó, estrechó su mano y mientras decía entre dientes, en siciliano: Vamos a ponerle un poco de teatro a la cosa, compadre, le soltó dos besos en las mejillas según la usanza meridional, y exclamó: *Talé cu cc'è.*

Fue divertido volver a ver al bueno de Bonavolontà.

—*Minchia!* Cuánto tiempo sin…

Gaspare no solía poner punto final a las frases.

—Otra vez en el mismo barco.

—Pues sí. *Porca buttana!* —Gaspare retomó la exclamación momentáneamente abandonada—. ¿Cuánto tiempo ha pasado, compadre? ¿Cinco años? ¿Seis?

—No sabría decir —mintió Raven—, no he llevado la cuenta.

—Yo diría que más. Diría que… siete años.

—Es posible, sí.

Hizo ademán de coger su bolsa. Raven se negó.

—¡Siete años! *Porca vacca…* —Gaspare aspiró hondo—. Velasco me llamó ayer a mediodía y no me lo acababa de creer, ¡hijo de la gran puta! Dijo que quería encargarme un trabajito, y tampoco me lo creía, ¡la madre que lo parió! Y cuando comentó de qué se trataba, ¡joder!, cuando me dijo que se trataba de ti, ¡hostias!, cuando me dijo que regresabas a Palermo, todavía me lo creía menos —Gaspare hablaba mascullando—: *Minchia!* Pero déjame que te vea. Te han ido bien las cosas, ¿eh?

—No creas, no creas.

—Venga, ¡vámonos! No me gustan los aeropuertos. Tu gente tiene aquí ojos por todas partes.

—¿Mi gente?

—Los que quieren cortarte los huevos, ya me entiendes.

Una vez fuera, una brisa salobre les golpeó el rostro; el mar no se veía, se sentía. Se dirigieron al aparcamiento, justo enfrente de la salida, y Bonavolontà lo condujo hasta un Volkswagen Golf de color azul con varias magulladuras: «Vámonos de aquí», propuso. «Vámonos de aquí», repitió él, y fue como la barca alejándose de la costa; las aguas del pasado, ésas que queremos dejar atrás, los rodearon amenazando con entrar en la embarcación. Raven bajó la ventanilla y permitió que el viento cálido arremolinara sus pensamientos. Gaspare lo miraba de reojo.

—Venga, dime, ¿cómo te han ido las cosas?

Raven respondió que había estado por ahí y mencionó nombres y lugares no comprometedores. «¿Haciendo qué?». Ya sabes, lo de siempre, unas veces mejor, otras peor, puedes imaginártelo. La cháchara no le exigía pensar en exceso y no lo distraía del paisaje. La costa, que carecía de relieves agresivos, estaba salpicada por un sinfín de casas bajas sin encalar, grupos de pinos arracimados en torno a unas paredes entrevistas, terrenos rodeados por cipreses. Y aquí, olivos y chumberas encaradas al sol. Y allá, adelfas y palmeras enanas. Los dedos delgados del aire acariciaron las ramas de un eucalipto y se llevaron lejos una bolsa de plástico vacía. A la altura de Capaci, el horizonte se abrió dando paso a una playa multicolor con gente apiñada en la arena, una hilera de casetas, un paseo con farolas. El mar era un manto esmeralda rasgado de vez en cuando por el blanco de una ola.

La autovía torcía a la derecha alejándose de la costa. Pasaron por el punto en que asesinaron al juez Giovanni Falcone en 1992; la carga explosiva de 400 kilos de trinitrotolueno abrió un cráter lunar en el asfalto. Durante una década, el recordatorio de la masacre fue una simple valla pintada de rojo; ahora habían erigido dos obeliscos, uno a cada lado de la carretera. La gente seguía colocando ramos de flores. Bonavolontà guardó silencio —no por respeto— y miró de reojo a su acompañante. Sabía.

Raven llevaba dos años en Sicilia cuando entonces. Fue reclutado en un momento de guerra abierta entre el Estado italiano y el Estado mafioso y recordaba la tensión de aquellos días. Tras el atentado, el gobierno envió siete mil soldados a Sicilia en apoyo a las fuerzas del orden. Cosa Nostra había ido demasiado lejos y tuvo que enfrentarse a un rechazo ciudadano general por primera vez en su historia; quienes nunca habían abierto la boca para quejarse de los desmanes del día a día palermitano lo hicieron para condenar la sangre vertida por Giovanni Falcone y Paolo Borsellino, dos mártires necesarios para la causa. La mafia se retiró a sus cuarteles de invierno y hubo quien habló de su final. Ilusos. La llamada *Pax Mafiosa* fue una simple tregua que les permitió reestructurarse.

Dos chimeneas de cemento escupían un humo cuasi transparente al cielo apelmazado de agosto. Mientras rodeaban el complejo industrial, la carretera volvió a acercarlos al litoral. Entraron en un túnel al par que un camión y la cabina del Volkswagen retumbó al emparejarse los motores de ambos vehículos; el olor a combustible se introdujo por todos los intersticios. El tapiz de casas de Sferracavallo les salió al encuentro tras abandonar un segundo túnel; la ciudad estaba en un plano inferior respecto a la carretera. Raven buscó la buhardilla de Dante Nigro, esa foto fija del pasado en la película cambiante del presente; sólo divisó las manchas celestes de los depósitos de agua instalados en los tejados.

El perfil de monte Pellegrino desvió su atención. Al contemplar la piel arrugada de Palermo, Raven no pudo evitar un leve ahogo, no debiera descartarse que de emoción. No sabría explicar cómo surgió esta connivencia. Hay ciudades donde uno está inevitablemente de paso; con otras, aunque destinadas a quedarse atrás, nace una íntima complicidad. No había encontrado aún la tierra capaz de retenerlo ni sentía la urgencia de hallarla, pues seguramente sería la de la tumba; en cualquier caso, esta ciudad milenaria ocuparía un lugar privilegiado en su memoria.

—Coge el primer desvío.

Bonavolontà se desvió hacia Via Belgio. Pasaron junto al árbol contra el que Raven estrelló un vehículo. Tenía doce años menos, mucho por aprender, y huía; el de la huida era otro hábito antiguo. Se había dejado acorralar en un local por dos matones con aviesas intenciones y tuvo que escapar por una salida trasera y marcharse a toda velocidad. El vehículo derrapó en una curva y ahí estaba el árbol, a la espera. No sufrió ningún daño, apenas unos rasguños, pero el coche no se movió ya del sitio; se había abierto el radiador de arriba abajo. Raven se vio a sí mismo corriendo, alerta y asustado, temiendo ver aparecer a sus perseguidores a su espalda.

—Recuerdos, ¿eh? —Bonavolontà era más agudo de lo que aparentaba—: Uno cree que pueden dejarse atrás, pero no es tan sencillo.

—No, no es tan sencillo.

Bonavolontà señaló al exterior:

—Y dime, después de tanto tiempo, ¿encuentras alguna diferencia?

—El paisaje es el mismo, también la gente. El tráfico sigue siendo caótico. Tal vez haya más luz en todo.

—¡Joder! ¿Más luz, dices? Bueno…

En un semáforo, un adolescente de rasgos hindúes hizo gesto de acercárseles con intención de lavar el parabrisas; Bonavolontà lo clavó en seco recurriendo a una mímica drástica. Nada más brillar el color verde, se puso en marcha, giró a la derecha y, a medio centenar de metros, torció a la izquierda para descender por Via Alcide De Gasperi, que moría en una plaza amplia y desolada. Al fondo se veía el estadio de fútbol y, como telón de fondo, un flanco de Monte Pellegrino. Continuaron por Viale Croce Rossa y, tras pasar una rotonda arbolada, entraron en Via della Libertà, una de las principales arterias de Palermo.

Otro semáforo los clavó delante de unos cartelones publicitarios: mujeres espléndidas en actitud comprensiva y galanes con ademanes de padre héroe invitaban a los conductores a vivir en una Atlántida hundida en las aguas de la mentira. Hacía una buena temperatura y había gente por todos lados. En las paradas de autobús se entremezclaban niños, chicos y chicas, ancianos y ancianas en pantalones cortos, camisas en tecnicolor y sonrisas en cinemascope, cargados con la típica utilería playera, toallas al hombro, bolsas y bolsos, sombreros y sombrillas, gafas y ganas, saboreando con antelación el sol, la arena, el gentío, el incordio de la jornada. No faltaba el turista con el aire despistado del buen turista.

Llegaron a Plaza Politeama y se desviaron por Via Emerico Amari, rodeando la mole del Teatro Garibaldi. Bonavolontà condujo un trecho por Via Roma y en Plaza Luigi Sturzo descendió en dirección al puerto. Entraron en una calleja sin trazo en los mapas, en el interior de una manzana de edificios achacosos, uno de esos rincones donde la gente todavía baja a la calle para charlar con los vecinos. «Hemos llegado». Bonavolontà detuvo el Volkswagen delante de un portón pintado hacía poco. Alguien había escrito con pulso inseguro:

PASSO CARRABILE
LASCIARE LIBERO LO SCARROZZO

Al notar su incertidumbre, Gaspare lo sacó de dudas: «Éste es mi taller, las letras las he escrito yo, pasa, pasa», y sacó unas llaves del bolsillo y abrió una portezuela, que luego entornó. La madriguera de Bonavolontà de estos últimos años sería la suya el fin de semana. Un elevador mantenía un Fiat a un par de metros del suelo. La pared derecha del taller estaba ocupada por un banco y dos armarios con herramientas. Enfrente, una nevera sucia, un fregadero y, a ambos lados, bidones. El olor a gasolina y aceite quemado cargaba el ambiente. En la pared izquierda, Raven descubrió el escorzo de un patio trasero y la carcasa de un coche sin motor ni ruedas ni asientos al sol. No faltaban los preceptivos almanaques con señoritas en cueros. Debajo de un póster con una chica con un culo grande y sonriente como una sandía había un teléfono; Raven se acercó al aparato, lo descolgó para comprobar la señal y aprovechó el instante para memorizar el número. Una escalera subía a un altillo.

—Un poco cutre, si quieres, pero… —decía Gaspare—. Aquí hace calor, pero en la habitación de arriba tengo un ventilador. ¿Te apetece una cerveza?

Raven rehusó la invitación.

—Hemos estado en lugares peores —comentó.

—Eso es verdad, compadre. Y ya te digo, yo estoy a gusto aquí… Pero no sé si es lo que buscabais.

Adivinó una cierta expectación en Gaspare.

—Es lo que buscábamos, ni más ni menos.

—Para el trabajito que debes hacer…

Gaspare dejó la frase en espera de ser completada.

—Lo que debo hacer aquí es apartarme de las calles cuando llegue la hora y dormir. No necesitas saber más. El trabajito es una tontería. No obstante, como tú has dicho, mi gente quiere cortarme los huevos y prefiero no tentar la suerte. Estoy de incógnito, recuérdalo.

El tono soliviantó a Bonavolontà:

—*Porca buttana!* No es eso, no quiero sonsacarte, yo sé cuál es mi sitio, ¡joder! Sólo quiero serte útil.

—Lo estás siendo. No te imaginas cuánto.

—Bien, entonces sólo me queda entregarte una cosita —comentó y, antes de hacer ningún movimiento, advirtió—: No ha sido fácil, ¡que conste!

Bonavolontà se llegó hasta un armario repleto de llaves y destornilladores y, con sumo cuidado, metió el brazo detrás y extrajo un paquete envuelto en un trapo grasiento. El pistolero sostuvo el paquete en su palma abierta y desplegó el paño descubriendo una Beretta reluciente. Cuando la tuvo en la diestra vio que el arma había impreso su perfil en el sudario. «No habrías podido encontrar nada mejor», musitó. «Lo sé, lo sé, lo sé», contestó el otro. Comprobó el cargador y se metió el arma en la cintura, bajo la camisa. Quería asegurarse de que no se notase.

—Ahora estarás contento, ¿no?

—Ahora estoy seguro.

—Y para moverte por Palermo, he puesto a punto este cacharro.

Señaló el coche en el elevador: un Fiat Panda con veintitantos años a cuestas, que todavía daba el pego. Gaspare le guiñó un ojo:

—¿No lo reconoces?

—¿Debería?

—Pues claro que sí, compadre. Te lo dejé en otra ocasión, ¿ya no te acuerdas? No me digas que no te acuerdas.

Porca miseria! ¿Cómo has podido olvidarte de este pequeñuelo mío? —Gaspare palmoteó un neumático como habría hecho con un perro fiel. Se volvió hacia Raven y sonrió de nuevo.

¿Una vez, aquel coche? ¿Para qué?

Raven hundió los dedos en la arcilla de la memoria y escarbó sin descubrir nada. No quiso desilusionar a Bonavolontà y simuló compartir vagamente el recuerdo.

Pero Gaspare se dio cuenta de que fingía.

CAPÍTULO 3
UN RINCÓN A LA SOMBRA

Subió al altillo y depositó la bolsa encima de la cama, el periódico en la mesilla. El cuarto no era tan pequeño como imaginaba. Tenía un techo bajo, pero los dos grandes ventanales abiertos al patio trasero contrarrestaban la sensación de asfixia. A los pies del lecho había un mueble con un televisor. Al lado, un ventilador. Y debajo, en una balda, un reproductor de vídeo sepultado entre cintas desordenadas y revistas mal dobladas. Reconoció un título: *Che gelida manina…* Nada que ver con Puccini. En la carátula, una jovencita felina recurría a remedios ancestrales para combatir la calentura en las partes bajas del cuerpo. *Aquí es donde Gaspare se mata a pajas*, dedujo. Había un nutrido repertorio de películas porno y las revistas no eran precisamente de bricolaje. El cuarto de baño era una ratonera; no podían darse dos pasos dentro.

Se lavo manos y cara. Y se cambió la camisa, ya sudada.

Revisó la pistola antes de bajar al taller. Bonavolontà había abierto una lata de cerveza y daba cuenta de ella contemplando el vehículo en el elevador. Los pasos en la escalera metálica lo hicieron reaccionar. Se oyó un clic, un zumbido, y el Fiat empezó a descender lentamente. Cuando se posó, Bonavolontà dio una vuelta alrededor del vehículo propinándole una patada a cada rueda y sacándole una exclamación sorda a los neumáticos; la inspección lo dejó satisfecho.

Lanzó a Raven las llaves del vehículo.

—A punto. El coche está limpio lo mires por donde lo mires, ya me entiendes, e impaciente por salir a la calle. No le falta de nada: el depósito está hasta arriba, el nivel de aceite en su sitio, el líquido de frenos… Por tener hasta tiene una caja de preservativos en la guantera.

—Y por tu parte, ¿todo bien?

Gaspare se golpeó con expresión complacida el bolsillo trasero del pantalón, en el bulto formado por la cartera: «Muy bien, muy bien». Y cambiando el rictus despreocupado por otro de signo contrario, añadió: «Velasco nunca me había pagado en euros, ¿sabes?». E hizo una apostilla amarga: «¡Qué quieres que te diga! No me acostumbro al euro; me gustaban más las liras». Descorrió unos cerrojos y tiró del portón hacia arriba; el portón se elevó, plegándose, y el sol mordió el suelo del taller.

Raven también rodeó el vehículo, ignorante de qué esperaba descubrir. Se sentó al volante, metió la Beretta en la guantera y abrió la ventanilla. Bonavolontà, a su lado, tamborileaba con los dedos en el techo. Aguardaba instrucciones.

—Regresaré a la hora de la cena. Te llamo antes y nos tomamos una pizza juntos, ¿de acuerdo?

—Por mí, estupendo. Aquí cerca hay una pizzería donde preparan una *quattro formaggi* para chuparse los dedos.

—Ni una palabra más.

Raven abandonó el taller dejando borras de algodón en el aire; el retrovisor enmarcó fugazmente a Bonavolontà, que se había agachado para recoger algo del suelo. El callejón desembocaba en una calle atestada de coches aparcados sobre las aceras o en doble fila; en medio quedaba el espacio justo para el paso de un vehículo. (Italia era, entre cuantos conocía, el país en donde peor se conducía; y Palermo, entre las ciudades italianas, la de tráfico más desastroso). Coches, motos, ruido, bocinas, tiendas, escaparates, carteles, fachadas, balcones y mujeronas apoyadas en las barandas formaban una estampa inconfundible. El bullicio mediterráneo explotaba en cada rincón con la ridícula violencia de una calabaza madura. Tuvo que ceder el paso a un mandril en ciclomotor resuelto a frenar sólo cuando llegara a su árbol.

Hacía calor, ese calor pegajoso que se adhiere al cuerpo como una segunda piel, tan característico. Ni el horizonte inesperadamente abierto, ni la brisa sazonada del mar aliviaron la sensación de sofoco. Salió al paseo marítimo, a poca distancia de la entrada del puerto, y dobló a la derecha, dando la espalda a los perfiles de las grúas, no así a una escena reavivada por el coloquio con Matteo Santoro días atrás: el asesinato de Salinari; esta muerte debería descontarle algunos años de condena en el Infierno.

Hacía siete años de aquello. Salinari lo había citado en el puerto. Quería encargarle un trabajito: eliminar a un ex socio español con quien debía encontrarse en Granada. El capo ignoraba que la parca se le había anticipado y otros antes habían elegido idéntico destino para él. Salinari ya estaba muerto cuando se vieron. (O quizás ésta sea otra de esas ideas que tranquilizan la conciencia). Le bastó un tajo y Salinari se quedó mirando el cielo, las nubes, las gaviotas, la nada primera y última. Sus dos últimos errores fueron prescindir de la escolta y pensar que se puede escapar del Maelström. Cuando los guardaespaldas entendieron que el paseo duraba más de lo debido, Raven ya había abandonado Palermo. Se escondió en Cefalú unos días. Después se marchó de Sicilia con la delgada esperanza de haber cerrado un capítulo de su vida. A grandes rasgos, esto ocurrió. Aún sentía la mano de Salinari en su hombro; una frase se repetía incesantemente: «Te necesito a ti, no quiero contar con ningún otro».

En el extremo de la zona portuaria estaba el puerto deportivo; los mástiles y el blanco lustroso de los yates llenaron el tiempo y el espacio, y el horizonte se impregnó con el hedor de las aguas quietas. Pasó delante de Porta Felice y del Foro Itálico. A la izquierda, donde antaño hubo un parque de atracciones que servía para todo, incluso para subir a los niños al tiovivo, ahora se entreveían senderos, parterres, un césped de un verdor tenue y plantas jóvenes. El ayuntamiento había convertido aquel paraje inhóspito en un espacio de recreo que, con tales temperaturas, no atraía a ningún ciudadano. Se desvió por Via Lincoln y metió el hocico del Fiat entre una furgoneta y unos contenedores de basura hasta los topes.

La camisa se le había pegado a la espalda. Y guiado por un impulso irrefrenable, entró en un bar, pidió una cerveza y se la bebió en dos tragos. Nadie en el local le prestó la menor atención, ni siquiera el sempiterno grupo de parroquianos que suelen juzgar la clientela. Nadie le prestó atención ni siquiera cuando notaron el acento extranjero al pagar. Las cosas estaban cambiando en Palermo, en efecto.

El hotel tenía nombre de mujer: Elisa. Era fácil de adivinar por qué la hija de Santoro se había alojado allí en su primera escapada: el hotel estaba a escasos metros de la estación ferroviaria. Raven echó una ojeada antes de entrar. El recepcionista, detrás de un pequeño mostrador, señalaba algo a alguien fuera de campo; recibió en respuesta los acordes de una voz aflautada. El recepcionista decía: azules porque blancas no… Nadie más, ningún cliente. A esa hora la gente estaba en la playa o saltando de iglesia en iglesia, de monumento en monumento.

Esperó unos minutos observando la fachada de la estación, como si estuviera valorando su arquitectura.

Encendió un cigarrillo para ayudarse, pero lo apagó tras un par de caladas. Con el rabillo del ojo vio junto al mostrador a la mujer de voz de flauta; vestía un uniforme celeste y llevaba una torre de toallas en los brazos. El de la recepción revisaba las esquinas y dio el visto bueno con un gruñido; la mujer se apartó y desapareció por unas escaleras. No había tiempo que perder. Raven entró y se plantó ante el recepcionista, un tipo adusto, de rostro anónimo, boca ancha y mueca triste; el hombre se parapetó tras el cristal de la sospecha.

—Buenos días, ¿en qué puedo servirle?

No se anduvo con rodeos:

—Necesito una información y estaría dispuesto a pagar por ella.

Entre ambos se apagó una luz y se abrió un vacío hostil.

—No quiero meterme en líos, ¿se entera? —dijo el recepcionista como si tuviera muy ensayada la réplica. Miró por encima de su hombro, hacia la escalera, esperando el regreso de la camarera.

—Usted no quiere líos y yo no quiero meterlo en ninguno. Me gustaría hacerle unas preguntas. Si puede, las responde. Sólo eso.

Al otro le resultaba difícil disimular los síntomas de la tensión.

—Por favor, éste es un hotel honrado —y soltó un suspiro hondo, muy hondo—. Estoy seguro de que no puedo serle de ninguna utilidad. Estoy completamente seguro, por favor.

Raven vislumbró la dignidad herida.

—Me está malinterpretando.

—Yo creo que no.

Puso en el mostrador una foto de Virginia y un billete de cien euros.

—Sólo una pregunta, ¿se hospeda aquí esta chica? Se llama Virginia Santoro y se ha escapado de casa. Soy un amigo de la familia y debo convencerla de que regrese. Estuvo en este hotel hace dos años y pensamos que podría haber vuelto. No hay de qué preocuparse, historias como ésta pasan todos los días.

—No en este hotel.

—Ésa no es la cuestión, créame. ¿La ha visto o no?

—No, no la he visto.

—Insisto en que no se trata de nada ilegal.

—Y yo le digo que no la he visto. ¡Qué quiere que haga!

El tipo lo estaba pasando mal. Imposible saber si mentía o no.

—Pues nada, muchas gracias. ¿Ve qué fácil?

Raven se volvió hacia la salida. Lo retuvo el aviso del recepcionista: «¡Oiga! Se le olvida esto». El hombre señalaba con los ojos, sin tocarlo, el billete de cien euros abandonado en el mostrador.

—¿No lo quiere?

—Absolutamente no.

Alargó el brazo y recuperó el dinero. Ahora sabía con certeza que no encontraría el rastro de Virginia allí.

La siguiente visita quedaba a unos quince minutos a pie, pero prefirió poner tierra por medio. Volvió al coche, enfiló por Via Lincoln y después por Via Roma. Un autobús le cortó el paso al sortear una furgoneta aparcada en el carril reservado a los transportes públicos. Masculló: «Algunas cosas están cambiando. Otras, no». El tráfico era, tal como recordaba, pésimo. Se desvió al llegar a Corso Vittorio Emanuele, entró en una callejuela a la derecha y aparcó en el primer hueco que halló libre. Montó el Fiat en la acera para no ser menos que el resto de vehículos a la vista. Y repitió para sí, con sarcasmo: «Algunas cosas no cambiarán jamás». Al salir del coche tuvo que despegarse la camisa del cuerpo otra vez.

La pensión Santa Rosalía se encontraba en una callecita que unía Corso Vittorio Emanuele a Plaza Prettoria.

Había un quiosco en la esquina y mientras fingía curiosear en los titulares de prensa, estudió la entrada. Tenía un aspecto gris. La pensión debía de ocupar el primer piso del edificio, pues en los balcones de las plantas superiores se percibía el fárrago de los hogares: tendederos llenos de ropa, macetas, bicicletas, pelotas y cachivaches aprisionados entre los arabescos de las barandas. El cartel de la pensión tenía una costra de mugre. Se asomó al interior: el vestíbulo era minúsculo, oscuro, cutre. A la derecha había un mostrador de un escaso metro de largo y ochenta centímetros de ancho; a la izquierda, una pared vacía, sin tan siquiera un cuadro que vistiera ese vacío. Las escaleras que subían al piso superior nacían a pocos pasos del umbral de entrada.

Si estaba claro qué condujo a Virginia al Hotel Elisa, no entendió qué la había llevado a alojarse en esta covacha. Quizás la chica ambicionaba ese baño de miseria, tan exótico, que nunca se daría al lado de papá. Una intuición —el sarcasmo del mundo— le hizo presentir que esta vez lo acompañaría la suerte. Entró. Tras el mostrador había plantada una mujer de unos cuarenta años, menudita, que hablaba por teléfono. Antes de entrar, la mujer ya lo miraba con desconfianza, y la desconfianza aumentó cuando estuvo delante. El rostro de ella tenía la textura rugosa y dura de un muro, y sus ojos, la calidad agresiva de dos clavos en una pared. Dejó el móvil en el mostrador y sonrió con la mitad derecha del rostro.

—Buenos días —dijo Raven.

La mujer tenía un marcado acento local: Buenos días.

—Verá, señora. Necesito una información y tal vez podría ayudarme.

—Dígame usted —hablaba con la premura de quien acostumbra a obedecer—. Dígame.

—Sólo quiero saber si esta chica se hospeda aquí, nada más.

Raven repitió el gesto anterior y puso la foto y un billete delante de la mujer. Ella clavó sus ojos metálicos en la foto.

—Se llama Virginia —continuó—. No ha hecho nada malo, créame. Se ha escapado y tengo que llevármela de vuelta de casa. Sabemos que está en Palermo y que se alojó en esta pensión el año pasado.

—¿Dice que no ha hecho nada malo?

—Nada malo; sólo queremos que vuelva a casa.

Ella apartó la vista de la fotografía.

—El año pasado ocurrió lo mismo. Vinieron a buscarla.

—Se está convirtiendo en una maldita costumbre, sí. Ya sabe cómo es la juventud de hoy: no aprenden de sus errores.

—¡Me lo va a decir a mí! Tengo dos hijos, uno de diecinueve y otro de diecisiete años, y se lo estoy repitiendo constantemente. ¡No aprendéis de vuestros errores!

—Entonces, se hospeda aquí.

—Llegó ayer por la tarde, pero ahora no está. Salió esta mañana temprano, no recuerdo qué hora sería. Eran… En fin, temprano.

—Bien, es lo que quería saber —Raven cogió la foto; el billete había desaparecido debajo del mostrador con la debida indiferencia.

—No ha venido sola —añadió la mujer.

Él no supo ocultar su sorpresa.

—La acompaña un joven. Un chico muy peripuesto, ya sabe. Así como ella, muy bien plantado, muy bien vestido. Anoche salieron a cenar y regresaron tarde. Esta mañana han ido a Mondello, a la playa. Llevaban toallas. No dijeron si volverían al mediodía; yo creo que sí. Con este calor lo normal es echar la siesta. Han pagado la habitación hasta el lunes.

—Esto no me lo esperaba.

—Me lo he imaginado. Por eso se lo he dicho.

—¿Quién es el chico?

—Se llama Davide Gentile. Tendrá veintiuno o veintidós años. Viene con ella desde Roma.

—¿Han venido en coche?

—¡No! Preguntaron por los horarios de autobuses para Messina.

—¿Podría darme un número de teléfono? Si no le importa, la llamaré luego para saber de ellos.

La mujer le tendió una tarjeta.

—¿Le digo que ha venido usted?

—De momento, no —y extrajo un billete gemelo del anterior ante la avizora mirada de ella—. Tenga y gracias.

—Gracias a usted —respondió a su espalda.

Así que Virginia tenía compañía…

La noticia no cambiaba sustancialmente las cosas, aunque obviamente tampoco las dejaba tal cual. Matteo Santoro era un padre celoso. Un par de meses atrás, un jovencito recibió una paliza por tontear con Virginia. Lo arrojaron al Tíber a él y a una moto de gran cilindrada. Gabriele «Chiodofisso» le contó con todo lujo de detalles qué le habían hecho. Al chico se le quitaron las ganas de cortejar a Virginia Santoro para los restos. ¿Le tocaría a él darle un escarmiento a este nuevo pretendiente? Raven se encontraba junto al coche. Había dado con la chica antes de lo previsto y dudaba qué hacer. ¿Adelantar el programa vespertino y visitar el cementerio?

El mayor incidente de la mañana fue errar el camino. Halló una señal de dirección prohibida donde no debía y otra de sentido único lo obligó a retroceder un centenar de metros. Cuando quiso desandar lo andado, se descubrió entrando y saliendo en dos ocasiones en la misma calle. Una fachada alta y ancha atrajo su mirada, un edificio de ladrillo dorado y, enfrente, unas vallas coronadas de adelfas cubiertas de polvo. Ignoraba el nombre del lugar y, de habérselo propuesto, no habría sabido regresar, pero él había estado allí en el pasado, dentro de un vehículo, de noche. Y había entretenido la espera contemplando la disposición de las ventanas y los balcones, husmeando en los retazos de normalidad, ese universo desconocido, tras los cristales. Allí asesinó a otro hombre; esta muerte sí lo condenaba al Séptimo Círculo del Infierno por los siglos de los siglos, amén.

No recordaba el rostro de la víctima. En cambio, el nombre se le insinuaba como el sol entre las ramas, cegándole por un instante el brillo de unas sílabas, oscureciéndose a continuación. La fachada y la fronda de adelfas de la acera contraria eran sin duda las del recuerdo. El hombre vivía allí y murió allí. Recordaba una sensación de frío en las manos, el del revólver que empuñó, y maldijo por lo bajo. El remordimiento habría dignificado el instante. Sin embargo, la única inquietud se la produjo el deseo de volver a Via del Vespro y llegar cuanto antes al cementerio del Santo Spirito, un lugar donde los muertos no son más que muertos.

Aparcó delante del camposanto diez minutos más tarde. En la pared, una inscripción inquietante: «Fummo come voi… Sarete come noi». Fuimos como vosotros… Seréis como nosotros, tradujo mentalmente. Raven tenía un mapa con las instrucciones para llegar a la tumba de Eleonora Santoro, no muy lejos de la entrada principal. La sepultura estaba flanqueada por un panteón a su izquierda y un ciprés a su derecha, que creaba un acogedor rincón en sombra. Todo exudaba discreción: una lápida con una foto oval de la difunta, la misma foto que había visto encima de una mesita en el piso en Roma, y un enrejado alrededor; un mamotreto de hierro pintado de negro, reluciente, sin la afrenta del óxido. Una hierbecilla humilde circundaba el mármol. Ni rastro de flores.

Virginia aún no había visitado a su madre.

Era la una pasada cuando abandonó el lugar; la mañana se había ido. Llamó a la pensión Santa Rosalía desde una cabina; ninguna novedad. Por la manera de hablar, dedujo que había interrumpido el almuerzo de la dueña y ella retenía el bocado en un lado de la boca. Lo más probable es que los chicos comieran en Mondello y regresaran, según ella, para la hora de la siesta.

—Llamaré por la tarde —dijo, y colgó.

Entró en el primer bar que encontró. El aire acondicionado estaba al máximo, cosa que se agradecía. La televisión estaba encendida, aunque nadie miraba. Entretendría las horas con un almuerzo indolente y un ejemplar del *Giornale di Sicilia* o escuchando las conversaciones telefónicas de las mesas cercanas, charlas apasionantes: a su lado, un comensal describía el local al interlocutor; un poco más allá, una señora leía el menú a alguien. El teléfono móvil es el mejor amigo del mediocre, pensó. Pero le vendría bien tener uno.

CAPÍTULO 4
UN RINCÓN AL SOL

Cada vez le resultaba más arduo poner en orden el material disperso en las playas de la memoria. Los primeros pecios hallados en la arena sugerían una pequeña embarcación de contornos definidos; lo que escupían las aguas carecía de importancia. Los restos sucesivos apuntaban a una nave de mayor envergadura; el naufragio era de mayores proporciones de cuanto imaginó y jamás conseguiría componer el puzle desordenado por el oleaje. Y sin embargo no era complicado moverse entre las piezas desparramadas. Aquí, un rostro que sonríe con la risa floja de quien lo hace a destiempo: ¿Cómo se llamaba aquel individuo? ¿Por qué sonreía? Allá, una mañana de tensa espera que devino un aburrimiento mortal. Por un instante pudo pasar cualquier cosa; al final, nada.

De repente, un nombre, una cita, un horario, un encargo bien hecho. Después, una dirección en Sferracavallo y una consigna: «Allí te darán refugio». No recordaba la dirección, pero sí cómo llegar. Empleó media hora larga a causa del tráfico, no de la incertidumbre. Conocía de sobra el camino a casa de Dante Nigro, lo más parecido a un amigo que nunca tuvo en Sicilia. En el trayecto espantó a dos jóvenes hindúes que se ofrecieron a lavarle los cristales del coche, pero se lo consintió a un tercero para que el resto los viera limpios. En los semáforos se reunían los desahuciados más dispares.

En Sferracavallo aparcó junto a una media luna de arena donde se tostaban varias barcas de pescadores. Entre ellas jugueteaba un grupo de veinteañeros cargados con tablas de surf y enfundados en trajes de goma. No había nadie más a la vista, pero se comportaban como los protagonistas de un espectáculo televisivo, pendientes de la posición de las cámaras y de la respiración del público. Tal vez ensayaran. No descendió del vehículo de inmediato; no tenía claro el siguiente paso. No corría ningún riesgo, Dante llevaba fuera de juego hacía una década. No había de qué preocuparse; no obstante, estaba en su naturaleza hacerlo.

El calor decidió por él. En un par de minutos, a pesar de la ventanilla abierta y de la brisa marina, mínima pero agradable, la cabina se convirtió en una sauna. Tuvo que despegarse la camisa del cuerpo por enésima vez. Comprobó que la Beretta continuaba en la madriguera, cerró el vehículo y miró alrededor en busca de puntos de referencia: en el espigón del puerto hormigueaban gentes con camisas coloreadas; destacaba la silueta de un yate en una hilera de embarcaciones modestas. «Habrá equivocado la ruta», musitó. Un surfista se solazaba entre las olas escasas en un ejercicio con más de alarde que de superación personal.

Sferracavallo, un pueblecito pesquero antaño, un anexo de Palermo en la actualidad, había cambiado de manera drástica. Las paredes bien encaladas, los balcones abiertos al sol y esos vehículos estupendos aparcados delante del suyo contradecían la película descolorida de la memoria. Había esperado fachadas sucias, balcones cerrados y coches descuajeringados en el decorado. Y calles sin alegría. Y en cambio... Las antenas parabólicas, la publicidad en inglés o el club de surf eran signos evidentes de los nuevos tiempos.

La casa de Dante estaba en una calleja que descendía hacia el puerto, encajonada entre dos fachadas mayores, un rincón al sol, discreto y digno, a una veintena de metros. Raven dio un rodeo intentando despistar al espía del tiempo, asomándose a la calle por el extremo opuesto y así poder ver la casa de frente, tal como la recordaba: dos plantas y una terraza; y en la terraza, una buhardilla. En la planta baja había una puerta y, a cada lado, dos ventanas enrejadas; en la planta alta, un balcón pequeño, otras dos ventanas, y persianas verdes en todas ellas. Desde abajo sólo se veía el tejado de la buhardilla. Se acercó y llamó a la puerta con los nudillos.

Vio el timbre y volvió a llamar.

Esperó unos segundos antes de probar por última vez.

En una ventana vecina asomó el rostro de una anciana con ojos que eran como uvas pasas en un mantel arrugado. Disfrazó la curiosidad de cortesía y, escudriñando al hombre con mirada temblona, dijo:

—La chica ha salido, ¿quiere dejarle algún recado?

—Gracias, señora. No es necesario.

—Si quiere decirme quién es usted…

—Un amigo de la familia.

—La chica de los Corso no está —explicó—. La he visto salir hace un buen rato. Me parece que iba al supermercado. No tardará. A esta hora no hay casi nadie en el supermercado y no tardará. ¿Le deja algún recado?

—No, gracias.

Raven comprendió que no tenía nada que hacer allí: ¿Quién diantres era la chica de los Corso? Se dirigió hacia el coche por la vía más corta y, al doblar la esquina, tropezó con una joven cargada de bolsas de la compra. Ni él se disculpó ni ella tampoco. Se disponía a seguir su camino cuando la voz de la anciana se le pegó a la espalda como una telaraña reacia a desprenderse.

—Valentina, este señor quería verte.

Raven se detuvo para observar mejor a la joven.

La vieja hablaba todavía con su sonsonete de violín acabado:

—¡Oiga! Mire, ésta es la chica de los Corso.

Al observarla más detenidamente, Raven distinguió rasgos que la convertían en un rostro familiar: unos ojos grandes y castaños, una mirada directa, un mentón afilado... Era atractiva, veinticinco, veintiséis años, no muy alta, no muy delgada, de un rubio falso muy conveniente a su tez blanca, demasiado blanca. Debió de ser muy atractiva antes de todo lo demás. Ahora, el retrato lo enturbiaba el recelo y la agitación entrecortó su pregunta:

—¿Me estaba buscando usted?

—Lo siento, me he equivocado.

—¿A quién buscaba? —insistió.

Vestía una falda larga, pasada de moda, y una camisa de mangas anchas, un tejido muy ligero que se movía según el dictamen de brisas inexistentes. Había algo familiar en la expresión de la boca y su voz tenía un efecto sedante en él. Le gustaba hablar con ella. Le gustaba oírla hablar.

—He debido de equivocarme. Buscaba a un amigo, se llama Dante Nigro y vivió un tiempo en esta casa.

—Dante Nigro era mi tío y ésta, efectivamente, era su casa.

Raven subrayó el verbo en imperfecto:

—¿Ha dicho que *era* su tío?

—Murió hace dos años.

El gesto de abatimiento no fue exactamente de dolor, pero sí sincero, y la chica lo notó. A Raven se le deshizo una imagen: ¡Muerto! Dante había sido un idealista en su juventud; las cosas le fueron mal y dio un paso —más breve de cuanto se piensa— de una fe intensa a un descreimiento radical. Tenía una gran cultura y podía haber sido alguien importante —él lo imaginaba de profesor, escritor o algo por el estilo—, pero terminó en el tráfico de armas jugándose el pellejo por menos de nada. La ceguera lo encorvó, lo hizo encogerse sobre sí mismo, con vergüenza y miedo. Y ahora yacía en un ataúd, sumido en la negrura última, en el silencio último. La pregunta le brotó espontánea:

—¿Qué ocurrió?

—Hablaremos mejor dentro —propuso Valentina—. ¿Le apetece pasar? Tengo café frío en la nevera.

No necesitaba del recogimiento. Dante estaba muerto como infinidad de otros que coincidieron en su camino. La estima que le inspirara en vida no era razón suficiente para esperar una suerte distinta. Sin embargo, asintió con los ojos y siguió a la joven, que abría la puerta mientras informaba a la viejita curiosona: «Es un amigo de mi tío». La anciana soltó un ¡oh! y se echó atrás con una brusquedad reveladora. Una cortina cubrió el hueco de la ventana; el telón cayó en un teatrillo en donde la prudencia siempre vence a la curiosidad.

Raven recordaba vagamente la distribución de la casa. Sabía del pasillo a modo de vestíbulo que moría a los pies de una escalera. La cocina, empero, no estaba a la derecha como creía, sino a la izquierda, y no reconoció los cuadros de las paredes.

Valentina se movía sin dificultad en la penumbra. Subió las persianas antes de apoyar las bolsas en la encimera, al lado del fregadero. Sacó un móvil de una de ellas, lo colocó al alcance de la mano, y abrió la puerta que daba al patio. A esa hora, el sol pegaba contra la parte trasera y la luz entró inundando el suelo de la cocina. Había una nevera nueva, un microondas, repisas repletas de figuritas, un televisor pequeño frente a la puerta y una mesa redonda en el centro.

—Siéntese, por favor. No me ha dicho cómo se llama.

Raven le dio el nombre del pasaporte.

—¿Es usted español?

—Sí. Pero, por favor, no me trate de usted.

—Tampoco usted a mí.

Raven percibió un temblor incómodo en la réplica.

—Trato hecho, te llamas Valentina, ¿no? Confieso que nunca escuché a tu tío hablar de su familia.

—Debió de conocerlo en circunstancias muy peculiares.

La alarma afiló también este nuevo comentario. Ella debía de conocer el pasado clandestino de su tío y desconfiaba.

—Pues sí, lo fueron. Muy peculiares.

La chica pareció serenarse un poco.

—Me llamo Valentina Corso. Dante era hermano de mi madre. Era además la oveja negra de la familia, pero a mí siempre me trató bien y supongo que no soy quién para juzgarlo, ¿no? Al menos, esto es lo que me repito continuamente. Me dejó en herencia esta casa. A veces pienso que debí de ser para él la hija que nunca tuvo, aunque quién sabe si por ahí…

Ella lo miró con cierta expectación.

—Que yo sepa, no tuvo hijos.

—Querrá saber qué fue de mi tío, ¿no? Y sin embargo, tengo más preguntas que hacerle a usted… que hacerte a ti, que tú a mí.

—También yo tengo algunas. ¿Cómo murió tu tío?

—Se dejó morir en la cama, de impotencia y de tristeza —la palabra tristeza trajo consigo un suspiro—. No me lo he inventado yo; lo dijo el médico: mi tío se dejó morir. Tenía un cáncer de pulmón, no grave, bajo control. La enfermedad se lo habría llevado con el tiempo, después de diez o doce años, no antes. Pero no quiso esperar tanto. La impotencia, la tristeza o la mala conciencia pudieron con él. Como sabrá… Como sabrás, mi tío volvió ciego de un viaje y la ceguera lo consumió.

El rostro se le apagaba y se le encendía.

Al desafío se añadían esquirlas de reproche.

—Sabía lo de la ceguera. No obstante, la última vez que lo vi lo encontré muy animado; incluso aseguraba ver puntitos de luz.

—Mi tío no perdió la vista; perdió los ojos, que es distinto. Es imposible que viera nada.

—Lo he dicho por comentar lo animado que estaba.

Valentina sacó del frigorífico un tarro empañado por el frío.

—Le había ofrecido un café. ¿Cómo lo prefiere, solo o con azúcar?

—Con azúcar, gracias. Y tutéame.

Lo sirvió en una taza de color amarillo y preparó otro para ella en una de color verde. Se sentó frente a él, al otro lado de la mesa, con las manos abiertas a cada lado de la taza. Había una firme voluntad de hablar. Valentina quería sonsacarle información sobre ese tío que habría querido conocer mejor. En otro tiempo ella pudo haber sido más sutil, pero la impaciencia boicoteaba sus gestos, entorpecía sus palabras; mostraba una decidida tendencia a acalorarse y perder los estribos. Raven dio un sorbo al café. Estaba bueno, muy bueno. Y halló en el sabor acogedor del café, en el modesto mobiliario del lugar y en el rubio falso de Valentina, tres razones para satisfacer ese afán suyo. Tenía delante a una joven deseosa de comprender a una persona que había muerto dejándole un cúmulo de interrogantes.

—El café está muy bueno —comentó.

—Gracias. ¿Puedo hacerle…? ¿Puedo hacerte una pregunta?

Lo dijo sin cortesía.

—Supongo que sí.

—No hace falta entrar en detalles; imagino que pueden ser comprometedores. Pero me gustaría saber cómo quedó ciego mi tío... Cómo perdió los ojos.

—Los tuyos me recuerdan los suyos —Raven acabó su taza y la retiró cuidadosamente unos centímetros—. Fue un accidente.

—Eso respondía él siempre.

—Porque es la verdad —carraspeó—. Veamos, si no entro en esos detalles que tú llamas *comprometedores*, no puedo decirte gran cosa, lo siento. Y tal vez sea mejor dejarlo aquí.

—Sé que no eran negocios limpios, que la mafia estaba detrás.

La voz se le había transformado en un murmullo. Una aguja fina, resistente, hundiéndose en la piel. Un dolor penetrante, creciendo, que la obligaba a alzar la voz.

—Y sabiendo esto, ¿es necesario añadir más?

Las palabras de él la confundieron porque, de alguna manera, le ponían delante la respuesta que ella se habría repetido antes, para sus adentros, infinidad de veces.

—Me gustaría saber el lugar, la razón...

—Fue más lejos de cuanto has imaginado nunca. En Laos. ¿Sabes dónde está Laos? En el otro extremo del planeta. Trabajaba para un empresario francés. Lo llamo empresario para entendernos. Debía entregar cierto cargamento, un cargamento delicado, peligroso, y cobrarlo, pero los destinatarios no estaban dispuestos a soltar un céntimo y decidieron eliminar a los portadores. Le dispararon a bocajarro. Fue afortunado. Querían volarle los sesos y sólo le achicharraron los ojos.

Mientras hablaba, veía a la mujer empequeñecerse. Valentina se levantó de improviso, recogió las tazas vacías y las dejó caer en el fregadero. Fue un milagro que no se hicieran añicos; uno de esos pequeños milagro inútiles.

—¿No te gustaría saber si yo estaba allí?

Raven puso en la pregunta el mismo acorde de desafío de ella. La situación era absurdamente belicosa. Valentina aceptó el reto:

—Pues no, señor como se llamé... Es ridículo que lo llame por el nombre que me ha dado.

—Es falso, sí. Por eso prefiero el tuteo.

Raven se puso en pie y ella dio un paso atrás. Volvió a sentarse: «No tengas miedo, por favor», musitó. Colocó las manos donde Valentina pudiera verlas y dijo que le gustaría tomar otra taza de café, si no era demasiada molestia. Eso relajaría la tensión.

Valentina le puso delante otra taza amarilla.

—¿Sabes? Estoy de paso, buscando a una chiquilla.

—No me interesa lo que usted haga. Sólo quería saber algo de mi tío.

—Es que me has recordado a esa chiquilla. No te preocupes, no es nada *comprometedor...* Pues bien, como te decía, estoy aquí tras una chica que va en busca del pasado. Es una especie de viaje en sentido contrario, no hacia delante, sino hacia atrás, ¿y con qué me encuentro? Que siguiéndola también yo he tomado el mismo camino. Y aquí estoy, desenterrando recuerdos también yo. Y doy contigo, haciendo otro tanto.

—¿Y esa chica estaría en Sferracavallo?

—No, no, no. Esta visita no tiene nada que ver con ella. La he encontrado en Palermo sin mayores inconvenientes, antes de lo que esperaba, y de repente tenía un tiempo a disposición que no sabía cómo emplear. Me habría gustado volver a ver a Dante. Me ayudó en varias ocasiones; en una de ellas me ocultó en la buhardilla. Me daba libros para leer. Imagino que puedo considerarlo un amigo.

—¿En ese mundo suyo no existen los amigos?

De nuevo, la hiel en la voz.

—Mi mundo es más tuyo de cuanto quisieras reconocer.

Aquello enfureció a la mujer:

—¿Qué tengo yo que ver con la mierda que mató a mi tío?

A Raven se le ensuciaron las palabras: «Por de pronto estás viviendo en una casa pagada con ese dinero que tanto asco te da». Valentina respondió sin tardanza:

—Bien, lo siento. Creo que no tenemos más de qué hablar. Le agradecería que se marchara inmediatamente.

—En estos viajes al pasado son frecuentes los momentos desagradables. Es previsible, ¿no? Viajar en sentido contrario a la marcha, como mínimo, podría marearnos.

—No entiendo lo que dice.

Raven se dirigía hacia la puerta.

—Intentaba hallar una explicación para tu náusea —comentó—. Bien, gracias por el café y créeme: siento la muerte de tu tío. Me ayudó cuando lo necesitaba, que es lo máximo que una persona puede hacer por otra. Adiós.

En el pasillo le alcanzó la pregunta conciliadora:

—¿Cuál es su nombre? El verdadero, quiero decir.

No le importó decírselo.

—¿Nació usted en Israel?

Raven se asomó a la puerta de la cocina. Valentina no se había movido del sitio. Lo miraba. Las manos más sujetas que apoyadas a la mesa.

—Me habló de usted.

—Me puedes tutear, de verdad.

Ella negó con la cabeza y acabó la frase:

—Creo que mi tío habló de alguien llamado así —hizo una pausa antes de continuar—. Cuando estaba postrado en la cama, sin moverse, intenté sonsacarle algo de su existencia. No sabía entonces, ni lo sé ahora, qué pretendo conseguir hurgando en todo esto. Una vez habló de un israelí.

—Lo siento, no era yo.

Raven hubiera podido decirle que la mayoría de la gente no soporta manchas en los mapas del recuerdo, que querríamos desbrozar por completo el solar del pasado para construir el edificio del presente, pero no es posible. Su instinto le aconsejaba cerrar el resquicio, apagar el fuego en tanto fuera una simple llama, largarse, y al mismo tiempo quería ver en qué acababa aquello. Si Valentina había despreciado en él a su tío, en él podría esbozar la reconciliación. Improvisó:

—¿Tienes limoncello? El limoncello es perfecto para después del café.

—Siéntese, por favor —contestó ella, presa del inesperado deseo de otro. Abrió el congelador y sacó una botella helada de licor de limón. Puso dos dedos en sendas copitas pequeñas y volvió a sentarse frente al hombre.

—¿Vives sola aquí?

Respondió que sí con la cabeza, mientras daba el primer sorbo.

—Y usted, ¿se quedará mucho tiempo en Palermo?

—Sólo el fin de semana.

—Esa chica que está buscando…

—No te preocupes, soy su ángel custodio. He venido para protegerla de los demonios que pudieran rondarla. No sólo hago trabajos sucios, créeme.

El silencio ulterior contrarió a ambos.

—¿Te importa si fumo? —preguntó Raven. Ella dijo que no y repitió la negativa cuando le ofreció un cigarrillo—. ¿Y tú? ¿Qué hace una chica como tú en un sitio como éste? Estarías mejor en Palermo, ¿no? Podrías vender la casa…

—Estoy en una especie de exilio voluntario.

—¿Algún problema?

—Todos los tenemos, ¿no?

Valentina llenó la copa de limoncello de nuevo, sin consultarlo.

—En mi familia nadie conoció realmente a mi tío; no quisieron conocerlo, en realidad. Mientras estuvo lejos, mi madre sólo contaba perrerías de él y yo crecí despreciándolo. Un día reapareció, cansado, enfermo, ciego. Con dinero, mucho dinero, y la repugnancia de mi madre desapareció. Fue discreto. Nunca se acercó al barrio donde vivíamos nosotros. Tenía esta casa y compró otra en Cefalú; ésta la puso a mi nombre, la de Cefalú a nombre de mi hermana. Éramos sus dos únicas sobrinas. Se reconcilió con nosotros y llegó un momento en que te costaba odiarlo. Era difícil. Difícil e inútil. Pero he continuado haciéndome preguntas. Cuando mi madre lo insultaba entre dientes, me intrigaba de dónde nacía tanto aborrecimiento. Ahora, al saber qué vida hacía, me atormenta cuántos y cuáles crímenes cometió. ¿Cuántas almas tuvo sobre la conciencia? ¿Se retiró arrepentido o sólo se escondió porque ciego como estaba no servía ya para nada?

Raven notó cómo se enardecía. No obstante, la rabia apenas conseguía colorear sus mejillas. Un vislumbre rojo sobre un mármol blanco.

—Las preguntas que quise hacerle a él quizás podrías contestarlas tú.

—Por fin me tuteas, muy bien. ¿Y qué preguntas son esas?

A Valentina le irritó el punto de ironía. Sus mandíbulas se apretaron.

—¿Cuánto daño hizo? ¿Cuántos niños lloran la muerte de sus padres? ¿Cuántas viudas lloran a sus maridos? ¿Se podrá lavar alguna vez la sangre que os ensucia las manos?

La excitación le impidió decir más.

Raven apuró el licor. Intentó no levantar la voz:

—El papel de juez es muy cómodo. La crítica es fácil; la autocrítica no tanto. También yo podría hacerte alguna pregunta incómoda: ¿Eres capaz de ser la mitad de severa contigo, eh? ¿Pretendes decirme que eres una hermanita de la caridad? Dices que estás aquí en Sferracavallo por unos problemillas. Todos los tenemos, ¿no?, eso has dicho. Vamos a ver, juguemos a los detectives, ¿de qué problemas hablas? Sales poco y cuando sales lo haces aprovechando las horas en que hay menos gente en la calle. No te escondes, pero intentas que no te vean. Estamos en agosto, a cien metros de un mar estupendo, hace calor, pero estás pálida y llevas manga larga. No has ido a la playa un solo día. ¿No te gusta la playa? O no quieres que te vean los sarpullidos de los brazos —Raven vio en el rostro de ella que había acertado de lleno—. Lo quieres dejar, ¿verdad?, y estás en ello, pero es más duro de cuanto te imaginabas, ¿me equivoco? Tu familia no tiene dinero. Si eres sobrina de Dante, no nadáis en la abundancia. ¿Por qué crees que tu tío arruinó su vida liándose con tipos como yo? ¿Por placer? Estas cosas no se hacen por placer.

Se llevó el vaso a los labios y lo halló vacío. Continuó:

—Entonces, si no eres rica y no trabajas, porque no trabajas, y te drogas, o te drogaste un tiempo, eso quiere decir que el dinero lo consigues o lo conseguías o bien traficando con heroína, poca cosa, desde luego, o bien traficando contigo misma. No digo prostituyéndote, por favor, eso no. Sólo aceptando el regalito de un traficante agradecido. O bien robando aquí y allá. O ambas cosas.

Valentina había escondido el rostro bajo su melena trigueña y agachó la cabeza hasta tocar la mesa.

—¿Desde cuándo no has sufrido una recaída, eh? ¿Seis meses? ¿Un año? Ánimo, lo superarás —Raven dio un golpe en la mesa con la mano abierta—. Estamos haciendo un estercolero de esta puta sociedad, pero dime, no finjas no escucharme, y dime: ¿crees realmente ser mejor que yo?

La voz de Valentina le llegó de lejos, sin fuerza:

—Por favor, no sigas.

CAPÍTULO 5
HUMO

«A veces no se puede elegir, deberías saberlo». La frase obró en Valentina la misma transformación que en Santoro; en su rostro desapareció toda animosidad. Raven añadió el segundo verso al poema: «Y en ocasiones no queda más remedio que hacer lo que hay que hacer». Las palabras no eran suyas pero, puesto que creía firmemente en ellas, ahora le pertenecían. Se aferró al hilo para avanzar en el laberinto: ¿Dónde las había escuchado por primera vez? En su tierra natal, veinte años atrás, cuando por la edad debía de estar saliendo de la adolescencia. (Es un modo de hablar, por supuesto; donde él nació y creció no existe la adolescencia: dejas de ser niño para convertirte en un hombre). «En ocasiones no queda más remedio que hacer lo que hay que hacer». Estas palabras se las había escuchado a un pobre diablo veinte años atrás.

El humo del recuerdo se le metió en los ojos.

En el cielo brillaba un sol excesivo, la tierra empalidecía, los campos yermos de alrededor se convertían en charcos de mercurio, y había buscado protección contra el muro de piedra de la casa. Así esquivaba el sol, no el calor; ese calor insoportable, soportado desde siempre. La quietud y la soledad ahogaban los murmullos del mundo. Tenía que encontrarse con un hombre allí. Le habían dicho su nombre: Amman. Y le habían ordenado que lo introdujera en la ciudad al caer la noche; no era necesario saber más. No había nadie cuando él llegó, pero no se impacientó.

Tarde o temprano aparecería.

Un ruido lo llevó a asomarse al hueco de la ventana y atisbar en el interior de la casa. Una especie de lagarto de piel moteada y colores vivos se movía con lentitud sobre los escombros, alejándose de la presencia humana, en dirección al pozo hundido del otro lado de las ruinas. De la casa sólo quedaba en pie un muro y el gesto de humillación de todo hogar destruido. El joven que una vez fue conocía a los habitantes. Habían vivido allí durante lustros, abriendo los ojos al techo de madera cada mañana. Luego desaparecieron, los inquilinos y la casa; la gente se había llevado el techo, las puertas y las ventanas para encender el fuego en invierno. Hoy, Raven no recordaba el rostro de ninguno.

Un cascote se deslizó contra otro.

El bicho extendía su patita con cautela de una piedra a otra.

—Una salamandra. Dicen que dan suerte.

El animal pareció espantarse al oír su nombre y corrió a esconderse entre unas hierbas inopinadamente verdes. A él, el sobresalto le hizo pegarse contra el muro. Se había distraído y no había oído llegar al hombre. El recién llegado sonreía de manera exagerada, muy consciente de dicha exageración.

—Dicen que pueden atravesar el fuego sin quemarse. Estaría bien, ¿no? Me refiero a tener la piel de las salamandras y poder atravesar el fuego sin quemarte. Estaría bien, ¿verdad?

El chico dijo que sí con la cabeza.

—Me llamo Amman.

El joven volvió a asentir y se sentó donde antes.

El hombre lo imitó:

—Bueno, bueno, bueno, de modo que tú serás mi guía,

¿eh? —Amman hablaba sin prestar atención a sus propias palabras—. ¿Cómo te llamas? Me lo dijeron, pero se me ha olvidado. ¿Cuántos años tienes, eh?

Se enjugó el sudor con un pañuelo grande, ya sucio, y aire ausente, como si no esperara ninguna respuesta. Se le veía cansado por la caminata.

—Tengo dieciocho años.

—¡Dieciocho años! Un hombre hecho y derecho —contestó Amman, no supo si con admiración o sarcasmo—. ¿Y sabes lo que tienes que hacer?

Respondió que sí con la cabeza, con decisión.

—¿Y sabes lo que tengo que hacer?

Respondió que sí, con un poco de vergüenza.

—Hay que hacerlo, mi joven amigo —suspiró—. En ocasiones, a un hombre no le queda más remedio que hacer lo que tiene que hacer, ¿comprendes? En ocasiones no nos es dado elegir, ¿entiendes lo que digo?

El chico bajó la cabeza. Los ojos se fijaron en sus alpargatas: tenían la suela despegada desde hacía semanas y le entraban piedrecitas al caminar. Con el dinero podría comprarse unas nuevas.

—No, no creo que lo entiendas —masculló Amman, que había hecho un lío del pañuelo y lo metía a tientas en el bolsillo de la camisa, mientras miraba a un lado y a otro, siempre lejos—. Qué vas a entender tú, si ni siquiera yo lo entiendo. ¡Qué demonios vas a entender tú!

Estaba nervioso; no acababa de resignarse a su suerte, y no era para menos. Quizás molesto por su propia intemperancia, Amman se puso en pie y se asomó por el quicio inútil de la ventana. La mochila quedó a la vista, una mochila común, con la cremallera torcida por una mueca obscena. Inspiraba miedo.

—¿Cuánto falta para que anochezca?

—Bastante —murmuró el muchacho—. Tres o cuatro horas.

Aquello pareció ser superior a sus fuerzas. Amman cayó como desplomado al suelo y, mientras se mesaba la barba, prieta, cerró los ojos y se abismó en pensamientos que debían de ser como cuchillas. En las dos horas siguientes apenas se movió. Parecía estar asistiendo a una escena lejana: mascullaba frases inconexas, sonreía ocasionalmente y se disculpó una vez sin venir a cuento. El chico se estuvo quieto. También él se jugaba el pellejo y debía ahorrar energías para más tarde. Les aguardaba una larga marcha y él tenía que hacer además el camino de regreso.

—¿Se puede beber agua por aquí cerca?

El chico meneó la cabeza: sí.

—Aquí detrás hay un pozo, pero está hundido.

—¡Una fuente! Me refiero a una fuente. ¡Agua limpia!

El chico se mostró indeciso.

—Hay una de camino a la ciudad, pero habría que dar un rodeo.

—Pues si es necesario salir antes, salimos —Amman añadió una frase con algo de sentencia—: Tengo sed, quiero beber agua, ¿cómo no se te ha ocurrido traer una cantimplora?

—Nadie me dijo nada.

—Nadie te dijo nada, nadie te dijo nada… —repitió exasperado—. ¡Nadie tenía que decírtelo! Debías haberlo pensado tú ¿o es que no sabes pensar por ti mismo? Hay que esperar a que se haga de noche, ¿no? ¿Podíamos estar toda la tarde sin beber? —soltó varias maldiciones, no contra él, sino contra la tierra—. ¡Tengo sed!

Un ruido entre los escombros les recordó la salamandra.

—Y hambre, maldita sea, ¡tengo hambre!

El chico intentó comprender qué pasaba por la mente del adulto. En vista de la noche y de la eternidad por delante, la desazón era legítima. Pero si no estaba dispuesto a cambiar su destino, y en sus manos estaba abandonar, huir, que él no lo detendría, si estaba decidido a la inmolación en nombre de las sacras verdades de toda guerra, ¿a qué venían esos aspavientos? Aquella debilidad era humillante. Querría haber sido capaz de repetir en voz alta: En tu mano está huir, nadie te detendrá, pero no habló. La repitió mentalmente siempre que el otro, de palabra, con suspiros, con gestos, se lamentaba.

No le sorprendió no ver a nadie en todo el tiempo. Los lugareños solían tomar estas trochas para entrar en la ciudad, pero la voz debía de haber cundido y aquella tarde nadie se acercaría a aquellos parajes. No los retenía el miedo, sino la prudencia; no querían atraer la atención de las patrullas que controlaban los pasos hacia la ciudad. (Estaban desbrozando el terreno a Amman en esa carrera suya a la gloria). Al principio permanecieron con la espalda contra la pared, las piernas recogidas junto al cuerpo; al caer la tarde, la sombra proyectada por el muro creció y pudieron estirarlas. El sol se apoyaba en la punta del pie. La sombra fue extendiéndose y alejándose.

El hombre cayó en otro de sus éxtasis: movía débilmente los labios, sin mover el resto del rostro, como si rezara; sin embargo, las palabras que alcanzó a oír no pertenecían a ninguna plegaria reconocible. Se comportaba como si estuviera defendiéndose de ciertas acusaciones. En dos ocasiones respondió que sí a un interlocutor invisible, con un ademán de orgullo herido; otra vez, arqueó las cejas como turbado por las palabras que estaba oyendo dentro de su cabeza.

La espera se hizo más larga de cuanto habría deseado.

—¿Es cierto que eres bastardo?

El chico se había abstraído calculando la hora por la extensión de la sombra. Se volvió hacia Amman y se lo encontró en cuclillas, mirándolo de frente, en la boca una expresión amistosa, falaz, inquietante. Había vuelto a mesarse la barba en un movimiento rítmico que iniciaba en la mandíbula y moría en el mentón.

—Me dijeron que mi guía era un bastardo. Me dijeron que tenías nombre pero no apellido, que tu madre era de los nuestros y tu padre, no. O al contrario, que tu padre era un cabrón de los nuestros y tu madre una puta del enemigo, ¿es así?

En la pregunta había una actitud comprensiva y una punta de desprecio.

—¿Es cierto o no? —insistió Amman.

—A mí me dijeron que debía acompañar a un valiente —contestó él, sorprendiéndose a sí mismo por haber hallado la respuesta adecuada. La audacia lo llevó a dar un paso más—: ¿Es cierto o no?

Amman aprobó el arrojo del muchacho.

—La gente dice cosas, ¿verdad? La gente habla demasiado, ¿verdad? —y pretendió que aquello fuera divertido—. Debes disculparme, estoy cansado.

—Ya falta poco —respondió el chico, conciliador—. ¿Ves aquellos montes donde todavía se refleja el sol? Cuando el sol desaparezca echaremos a andar. Nos llevará unos quince minutos llegar a la fuente.

—¡Ah, la fuente! ¡Gracias! Tengo sed, lo había olvidado.

Ambos volvieron a ensimismarse, apoyados contra el muro. El chico observaba cómo retrocedía el sol, ladera arriba, defendiendo una posición insostenible en el almíbar de la cima. Cuando la victoria fue del crepúsculo, se puso en pie y empezó a moverse para desentumecer las piernas.

La camisa raída se le había quedado pegada a la espalda. Raven adelantó el cuerpo en la silla y despegó la camisa del cuerpo. Observó a Valentina, una silueta borrosa en medio del humo, y repitió: «En ocasiones, no nos queda más remedio que hacer lo único que nos dejan hacer». El chico dijo: «¡Vamos!». Y Amman lo miró con sorpresa. Se levantó, cogió la mochila y se la acomodó en el hombro con sumo cuidado. Por la lentitud de los movimientos dedujo el peso de la carga.

—Es por aquí —señaló, y bajaron por una torrentera reseca, un canal abierto en las rocas por la fuerza de aguas ahora extrañas en el país. Tras un recodo les sorprendió la vista de la ciudad creciendo, multiplicándose en el horizonte. Había un millón de luces encendidas. En vez de ir hacia ellas, el chico eligió otra bajada similar a la anterior: una gran hendidura con remembranzas del diluvio bíblico.

—No vayas tan deprisa, no vayan a creerse que estamos huyendo.

Moderaron el paso. Además, la pendiente se hacía más acusada y la penumbra comenzaba a ser traicionera. Había sonado esa hora en que, según el dicho popular, no se distingue un hilo blanco de un hilo negro.

—Allí abajo, entre aquellos matorrales.

El agua era como una alimaña agazapada en la hondonada. No se la veía ni se la escuchaba; se la presentía. En medio del yermo estallaban las ramas retorcidas de unos espinos de un verde casi negro. La gente había abierto un sendero hasta el corazón de la maleza; allí, de un pedestal de piedra, manaba un chorro leve. Habían clavado una teja en el nacimiento y un hilo de agua zigzagueaba por ese canal improvisado, caía sin ruido, formaba un arroyo insignificante y se perdía en los arbustos. Amman dejó la mochila y bebió con delectación.

—No hay placer mayor que beber cuando se tiene sed —sentenció mientras se secaba los labios con el antebrazo y los chasqueaba satisfecho. El agua lo había serenado—. Te estoy muy agradecido. Ha sido un gesto de generosidad por tu parte.

—También yo quería beber.

Y se arrodilló ante la fuente y sació su sed.

Al otro le divertía la agresividad del chico:

—Lo tengo bien merecido, lo reconozco.

Amman recogió la mochila.

—Serías un buen soldado, ¿sabes? Si te lo propusieras, serías un buen soldado —comentó—. Bueno, en cierto sentido, ya lo eres. Tal como están las cosas, nadie debe quedarse al margen y tú no lo has hecho. Pero no hablo de hacer de recadero. Me refiero a tomar partido y luchar por una causa que está por encima de nosotros. Hablo de sacrificio.

El joven no se dio prisa en responder. Las palabras aún no acudían con la prontitud deseada. Cuando se pusieron de nuevo en camino, murmuró:

—Estoy dispuesto a correr riesgos, no al sacrificio.

—Serías un buen soldado, si estuvieras dispuesto a todo.

—Usted y yo no somos iguales, ¿no se da cuenta?

Y dio un par de zancadas para adelantarse y evitar la conversación.

—Seguro que sabes hablar inglés, ¿a que sí? —decía Amman a su espalda—. No imaginas lo útil que es tener gente que hable inglés.

Se acercaron a la carretera. La orillaron durante medio kilómetro en paralelo a la ciudad, de nuevo ante ellos. Había pocos coches y los que pasaban ocultaban sus formas tras los faros encendidos. La noche aumentaba. Poco antes había sido un matiz en el horizonte, ahora la noche era una divinidad que había alzado una brisa fresca y agria. El chico expresó en voz alta su temor más acuciante.

—Ojalá no tropecemos con ninguna tanqueta.

—¿No sería mejor alejarnos de la carretera?

—No. Hemos perdido demasiado tiempo yendo a la fuente.

El rumor dominante era el de sus pies sobre los guijarros. Se cruzaron con un anciano que sujetaba una mula de las riendas. Les fue imposible verle el rostro. Pasó entre ellos sin levantar la cabeza, aligerando la marcha. Si le preguntaban, el anciano respondería no haber visto a nadie, lo cual era verdad.

Amman indicó las casas más próximas:

—Este barrio lo conozco.

El hombre se cambió la mochila de brazo.

—Entraremos por el otro lado —explicó el chico—. ¡Ven!

Cruzaron la carretera y se asomaron al terraplén opuesto. Abajo, a unos veinte metros, una alambrada se perdía en una curva de la penumbra. Amman lo entendió como una señal: estaban en el camino correcto. Perdió unos segundos preciosos y el chico, en el hondón, lo miró con ojos agrandados por la impaciencia. Comenzó el descenso con cuidado, hostigado por la carga. Antes de alcanzarlo, el joven había reemprendido el camino. Se giró, visiblemente nervioso:

—Si los soldados nos pillan aquí, no lo contamos.

Amman se exigió a sí mismo avanzar deprisa. Le haría bien; la fatiga acallaría la tensión. Tropezó con el chico, que se había detenido de golpe y tiraba con ambas manos de un trozo de alambrada cuidadosamente cortada. «En toda valla hay un agujero», farfulló Amman. Pasó la mochila al otro lado; después pasó él. El muchacho lo siguió y se puso de nuevo en cabeza.

Detrás de ellos, en la carretera, se escuchaba el zumbido de los motores, acercándose, alejándose. La valla desapareció en el pozo de las sombras. Caminaban ahora junto a una línea de casas, pero no distinguían qué había entre éstas y ellos. La oscuridad sólo permitía ver las cosas inmediatas y los perfiles lejanos. A un centenar de metros descubrieron algo similar a unas aspas que se movían sin hacer ruido. Imaginaron una serie de cruces superpuestas deslizándose unas sobre otras; un artefacto absurdo, inexplicable. Al poco vieron qué era: una torre del tendido eléctrico que, al caminar ellos, creaba la ilusión de movimiento.

Los mosquitos aumentaron de número de improviso.

—Ahí hay un vertedero —explicó el chico—. Ten cuidado.

Amman se fijó mejor y vio montones de basura.

—Lo rodearemos, pero ten cuidado.

—No te preocupes por mí —dijo Amman, sin resuello.

Tan de repente como habían aparecido, la nube de mosquitos y la mierdumbre quedaron atrás. Una vereda despejada se encaminaba directamente al grupo de viviendas inmediato. Había una plazoleta solitaria, mal iluminada por una farola, a un centenar de metros. Nadie a la vista. Era como si supieran…

—¿Sabes dónde estamos? —preguntó el chico.

—La verdad es que no —respondió Amman.

Respiraba con dificultad.

—Estamos muy cerca, a cinco minutos. ¿Ves aquel edificio?

—¡Espera! Tengo que descansar, esto pesa como el infierno.

Apoyó la mochila a sus pies y se sentó en la misma tierra que pisaba. Recuperó el pañuelo sucio de la tarde y se lo pasó con fruición por la nuca, alrededor del cuello, por la cara. Se relajó y aspiró profundamente la brisa nocturna:

—Debe de haber higueras cerca —susurró gratamente sorprendido—. ¿No notas el aroma de los higos maduros?

—¡Espera! No te muevas —el chico se metió en la noche y estuvo dentro unos instantes. Volvió con los brazos tendidos y las manos llenas. Venía masticando un higo; ladeó el rostro y se limpió la miel de los labios en el hombro. Amman recibió la ofrenda alzando las manos, sin alzarse él.

—El placer de beber cuando se tiene sed sólo es comparable al de comer cuando se está hambriento. Gracias, de nuevo.

El chico esperó a que terminara el bocado.

—Te acompañaré un poco más. Y me vuelvo.

Amman dijo que sí sin dejar de comer, admirando los frutos de sus manos, acariciándolos con los dedos antes de llevárselos a la boca, y saboreándolos con una fruición cuasi religiosa.

—Lo que es justo, es justo —musitó.

Cuando terminó de comer, se puso en pie mientras se limpiaba las manos en los pantalones. Agarró los tirantes de la mochila con cierta brusquedad y se la colgó con decisión. Se estaba obrando una nueva metamorfosis: Amman era ahora un hombre audaz.

—Hablaste de un edificio...

El chico señaló con el brazo: ¡Aquél!

—Estamos cerca, sí. Puedes irte si quieres.

—Te acompañaré todavía unos metros.

—Si no es molestia, de acuerdo. ¿Por dónde?

—Por aquí, sígueme.

De pronto sintió la necesidad de intercambiar unas palabras con aquel desdichado. Como el agua y la comida, unas palabras amigas formarían parte de esos pequeños placeres que venía elogiando en los últimos minutos, pero no supo qué convenía en un momento semejante. Miró de reojo a Amman, vestido con una nueva entereza y resuelto a llegar hasta el final, y sintió lástima. Y su propia compasión lo confundió. Llevaba la tarde construyendo un juicio contra todo lo que representaba aquel tipo. ¿Por qué esa piedad?

Había crecido entre las naciones en conflicto y escuchado las razones de ambos bandos desde pequeño; conocía las verdades y las mentiras de cada uno y él, a sus dieciocho años, buscaba un dogma esencial. ¿El sacrificio? Imposible. En sus pocos años de existencia, cada jornada había ilustrado una certeza mayúscula: la vida es el camino por delante. Raven se puso en pie y salió de la cocina. El habitáculo se había atestado de las emanaciones del recuerdo, que embotaba sus sentidos. Valentina lo siguió con la mirada y dijo a sus espaldas algo que no entendió.

—Hay que seguir adelante —contestó.

Amman se detuvo en una esquina y se asomó al otro lado, lentamente. La avenida estaba vacía; el camino, despejado. Ahora, la calle, la plaza, el edificio tenían nombres y en su mente se había establecido una voluntad inamovible. Le tendió la mano sin girarse; le dio las gracias. Sonreía. Para su sorpresa, el apretón fue contundente, el pulso firme, los dedos fuertes. Le deseó buena suerte. Amman no respondió; el hombre tenía ya un pie dentro de la eternidad. Mientras regresaba sobre sus pasos, internándose en la noche, el joven se sintió contrariado. Temía que Amman hubiera malinterpretado ese deseo de buena suerte.

No podía rectificar; siguió corriendo.

Raven ignoraba qué lo había llevado a desenterrar el ayer. Aquel mundo pequeño, cerrado y negro lo asfixiaba, y sintió alivio al salir a la calle. Un alivio momentáneo; esa pequeñez, cerrazón y negrura las llevaba consigo. ¿Le había dicho Valentina que no se marchara? ¿Que volviera cuando quisiera? La anciana había estado curioseando y, en su retirada, la cortinilla de la ventana se quedó oscilando. Alcanzó el coche, abrió las puertas delanteras y dejó que se ventilara. Tamborileó en el techo un ritmo intranquilo, arrepentido de la visita a Sferracavallo.

Los surfistas se habían reunido de nuevo en la media luna de arena, entre las barcas, y resumían sus respectivas travesías señalando un extremo de la costa, imitando las filigranas de las olas, atentos a esas cámaras invisibles que se desvivían por ellos. Un grupo de niños de vuelta de la playa se deshacía del mar al correr.

—A cada uno lo suyo —dijo, y subió al coche.

CAPÍTULO 6
VIERNES NOCHE

El tráfico era mortalmente lento en Via Tommaso Natale; la velocidad, insuficiente para renovar el aire amazacotado del interior del coche. Los bañistas habían recogido los bártulos antes de que la tarde claudicara y se sumaban a la penitencia del regreso con el padrenuestro de la resignación en los labios. Raven se acomodó al paso moroso de los vehículos, un modo tan bueno como cualquier otro de pasar las últimas horas del día. Que no se iban. Pensó en Valentina. Creyó oírle decir que volviera mañana si tenía tiempo... Tiempo, ¿para qué? Entrevió el señuelo de la esperanza y decidió cortar por lo sano. Tenía un trabajo que hacer; nada de distracciones. Aparcó junto a una cabina telefónica. Santoro no se hizo esperar:

¿Raven? ¡Por fin! Esperaba tu llamada. ¿Algún problema?

—Ninguno, Don Matteo. No he querido llamar no hasta tener todo bien atado.

¿La has encontrado?

—Sí, está en la misma pensión del año pasado.

¿En ese antro? Bueno, bueno, ¿y has hablado con ella?

—Todavía no. Llegó ayer por la tarde y salió esta mañana temprano. Cuando he dado con su paradero, a la hora del almuerzo, aún no había vuelto. De modo que he ido al cementerio para ver si había estado allí.

¿Y lo ha hecho?

—Por el momento, no.

El cumpleaños de su madre es mañana.

—Me presentaré entonces. Podría acompañar a su hija al cementerio por la mañana y coger el vuelo para Roma por la tarde.

Me parece bien, pero si se empeña en quedarse un poco más, que se quede.

—Lo tendré en cuenta —Raven aspiró hondo—. Hay una cosa más.

Del otro lado, Don Matteo retuvo el aliento.

—Su hija no ha venido sola.

Santoro tardó en contestar; la noticia lo había pillado por sorpresa. Estuvo buscando una respuesta a la pregunta que acabó haciéndole:

¿Y puede saberse quién la acompaña?

—Un tal Davide Gentile. Salieron juntos de Roma.

¿Cómo has dicho que se llama? ¿Davide?

—Davide Gentile. No sé qué pinta tiene, sólo sé que está con ella.

A Raven no le sorprendió el circunloquio de Don Matteo, que hilvanaba malamente una sarta de pensamientos veloces:

Otro de esos jodidos moscardones, ¿eh? Estoy de ellos hasta los cojones. ¿Y qué crees que podría hacerse con ese tal Davide Gentile, eh? ¿Qué es lo mejor que puede hacerse con un moscardón? Dame alguna idea, Raven. Si es buena te lo agradeceré. Soy un hombre agradecido.

—Lo que usted decida, estará bien.

Gentile, ¿eh? No caigo en quién puede ser. ¿Gentile has dicho?

Durante un instante, silencio.

¡Lo averiguaré! Y ya veremos. Esto complica el encargo…

Raven adivinó a qué se refería.

—En lo que a mí se refiere, en absoluto.

Llámame apenas sepas algo más.

Sin colgar el auricular, hizo una segunda llamada. Le respondió el tono avinagrado de la dueña de la pensión. Cuando supo quién era, la mujer bajó dos puntos el volumen: la parejita había regresado hacia las cuatro, más o menos, bisbiseó. No se habían movido del cuarto pero ella, la chica, quiero decir, acababa de venir para cambiar unas toallas y le había comentado que saldrían a dar un paseo. Hay un concierto en el Politeama, música rock, en inglés, melenudos, todo eso; los chicos irán a verlo. Raven le agradeció la información y volvió al coche.

Calculó cuánto le llevaría alcanzar Corso Vittorio Emanuele con semejante tráfico: media hora, como mínimo. De modo que se salió del carril y adelantó media docena de vehículos por la derecha: un conductor ultrajado se encariñó del claxon unos pocos segundos. Raven se saltó dos semáforos en rojo, no cedió el paso en una rotonda y un minuto después entraba en Viale Strasburgo dejando atrás el tramo de modorra circulatoria más acusado. No obstante se dejó atrapar entre un autobús y un furgón de reparto y tuvo que conducir un trecho a su par, perdiendo la ventaja.

Giró en Viale della Libertà; los árboles a ambos lados de la avenida, a pesar de una poda drástica, refrescaban la mirada. En el declive de la tarde, la luz del sol adquiría matices dorados al tocar el mundo. El tráfico se resintió de nuevo a la altura del Politeama. En efecto, en Plaza Castelnuovo habían montado un escenario y una escuadra de técnicos se afanaba en colocar los catafalcos de varios altavoces en un armazón metálico. Los adolescentes hormigueaban alrededor del tinglado como creyentes en torno del altar. En muchas caras había retazos beatíficos; la revelación había tocado un puñado de frentes y las manos sangraban con los estigmas. La situación mejoró al llegar al Teatro Massimo. Enfiló Via Cavour y a continuación entró en una calle paralela, Via Salvatore Spinuzza.

Aparcó. Cuando cerraba el vehículo, se aproximó un tipo al que le faltaban los dientes delanteros; una mueca de mansedumbre le lamía el rostro. El tipo hizo un comentario sobre qué buena temperatura hacía: *Ma oggi ha fatto un caldo da morire*, balbuceó en un italiano dificultoso, delatando su procedencia extranjera. Raven no quería hablar con nadie ni que nadie le hablara; buscó en los bolsillos y extrajo una moneda. El otro ya extendía la mano; había comprendido y no añadió más.

Raven miró el reloj: casi las ocho.

Se fue por Via Maqueda y caminó a buen ritmo hasta Quattro Canti. En la recepción tenían encendida una luz que daba un brochazo anaranjado a las paredes y resaltaba la pequeñez del lugar. La mujer se sobresaltó: no esperaba verlo; si acabamos de hablar por teléfono… Y acarició el móvil, encima del mostrador, con la punta de los dedos. Raven insinuó una sonrisa y el movimiento infinitamente más simpático de perseguir un billete en el bolsillo. Ella le correspondió con una sonrisa igual de frágil.

—¿Los chicos están todavía aquí?

La mujer puso el índice en vertical: Arriba. Acto seguido le repitió cuanto le había dicho al teléfono: Han regresado a las cuatro o cuatro y media, han estado un par de horas sin vérseles el pelo, luego la chica ha bajado a por unas toallas y…

—No les ha hablado de mí, ¿verdad?

La mujer se escandalizó: ¡Por Dios, no!

—No tendría ninguna importancia, pero es mejor así. La llamaré mañana por la mañana, ¿de acuerdo?

Salió y subió los peldaños que lo separaban de Plaza Pretoria. Buscó un lugar estratégico debajo de la escalinata de Santa Caterina desde donde, sin perder de vista la entrada de la pensión, fingiría contemplar aquel rinconcito de encanto descafeinado. En el centro de la plaza había un conjunto de estatuas dispuestas en círculos concéntricos, a distintos niveles: un empeño tardío de evocar una Antigüedad mítica y mentirosa. Se distinguían sirenas y tritones, titanes, títeres y demás turbamulta. El hacha del tiempo había decapitado alguna figura y amputado algún miembro; el corte había sido limpio, sin sangre.

En la plaza tenía su sede el Ayuntamiento. A la entrada había dos agentes armados, pero no debía temer nada. En ese momento, los policías estaban tan lejos de él como él de todo dedo acusador. En la escalinata que desciende a Via Maqueda, una zíngara en cuclillas miraba las siluetas de los viandantes; entre sus piernas había un plato con unos pocos céntimos y, uno a cada lado, dos niños que evidenciaban en la mirada un precoz sentido del vacío.

Con el rabillo del ojo entrevió movimiento en la pensión.

Virginia y su acompañante cruzaban unas palabras con la dueña. Con ropa estival, Virginia era más menudita de cuanto recordaba: vestía unos vaqueros ajustados y una camisa celeste de manga larga, arremangada hasta los codos. El sol le había dado un tono cobrizo a su piel crema. Llevaba el pelo negro suelto y lo movía con manifiesta sensación de gozo. El tal Davide Gentile, colgado de su mano, era un chico de aspecto sano: llevaba unos pantalones anchos, de pirata sin velero, y una camiseta amarilla, sin prejuicios. El mundo era suyo. De ambos. Virginia saludó con un movimiento enérgico de la mano; Davide con otro, conciso. La dueña regresó al interior de la pensión.

Raven hurgó en el bolsillo y atrapó unas últimas monedas, se fue hacia Via Maqueda y, al pasar delante, las dejó caer en el plato de la zíngara. La mujer dio un gracias ininteligible, probablemente imperfecto; en los ojillos de los niños saltaron los duendes de la alegría.

Localizó a los jóvenes en Quattro Canti.

Avanzaban desenvueltos, deteniéndose en un escaparate sí, otro no, con cierta predilección por las tiendas de ropa, muy abundantes en la zona. Raven mantuvo una veintena de metros de por medio y procuró que, en la medida de lo posible, sus paradas se anticiparan a las de la pareja. Virginia se detuvo para hacer una breve llamada con el móvil; hablaba con despreocupación y confianza... ¿con quién? La chica estaba muy unida a su hermano, ¿quizás él? Raven distrajo el tiempo ante el escaparate de una librería con una fachada verde. Entre las portadas de los libros expuestos descubrió el rostro ancho y satisfecho del primer ministro Silvio Berlusconi; el sarcasmo le dibujó una risita malévola.

La parejita cambió de acera para acercarse al Teatro Massimo. Se detuvieron en la verja y él aprovechó la cercanía para besarla. Virginia, hasta ahora gesticulante, fue aquietándose; Davide, parco en sus manifestaciones, se agitó. Raven se sentía un vulgar mirón y depositó su interés en la fronda cambiante de un quiosco. Reconoció la portada de *El País* que había comprado aquella misma mañana en Roma; al lado, Silvio Berlusconi sonreía con sonrisa laxa y complacida desde la portada de una revista. Raven repitió la mueca de sarcasmo, ampliada.

Volvió a espiar a los dos tortolitos. Ni habían desanudado el abrazo ni pensaban desanudarlo en breve, y él se preguntó qué sentido tenía el seguimiento. Los pasos siguientes eran previsibles —habían descartado el concierto del programa— y lo mejor era dejarlos en paz. Compró una tarjeta telefónica en el quiosco y llamó a Santoro desde una cabina.

¡Raven! Precisamente ahora estaba pensando en ti...

Era una de esas jodidas frases hechas, pero en boca de Santoro se emponzoñaba de ambigüedad; una ambigüedad intrigante debido al repentino entusiasmo que el pistolero percibió en las palabras. Imaginó a Santoro en su sepulcro romano, rey y fantasma en su propio castillo, moviéndose con parsimonia y riéndose a carcajadas en mitad de un corredor, entre una habitación y la sucesiva.

La mentira, aunque burda, fue convincente:

—Don Matteo, he estado en la pensión. Los chicos acaban de regresar. Han hecho turismo, están cansados de ir de acá para allá y la dueña me ha dicho que piensan cenar en una hamburguesería y encerrarse en el cuarto. No me alejaré, pero si no hay ninguna novedad, me despido hasta mañana.

Santoro, como si controlara sus impulsos, soltó el aire lentamente.

Sigo pensando en qué hacer con ese tal Davide...

—Lo que usted decida, se hará.

¿No se te ocurre nada? Te creo capaz de grandes ideas.

—Usted encontrará la mejor, Don Matteo.

Bien, pensaré en ello esta noche. Hasta mañana.

Raven hizo otra llamada. A Gaspare: ¿Has cenado?

¿No quedamos en que nos tomaríamos una pizza?

—¡Estupendo! Estaré ahí en media hora, pídeme una diavola. Y compra cerveza.

Otra cosa no, pero cerveza nunca falta en la nevera.

Raven dio aún unos pasos. Había un cine y, en la puerta, el cartel de cerrado por vacaciones. Miró de reojo a los chicos: el abrazo se complicaba, les hizo perder el equilibrio y acabaron por sentarse a los pies de la valla. Las manos se buscaban las partes bajas del cuerpo. (Para los amantes, todo empieza y termina en ellos; el resto es ruido de fondo). Apretó las llaves del auto entre los dedos. En el cielo descubrió una familiar mezcla de azul y gris: se acordó de Amman, de la mochila con los explosivos, de aquella espera insoportable. No hay tierra en el mundo para cubrir ciertos recuerdos.

Veinte minutos después entraba en el taller de Bonavolontà.

—Ahora nos traen las pizzas. Y en la nevera hay lo menos veinte cervezas frías. ¿Bastarán?

Raven le dio una palmada amistosa en el hombro:

—Mientras llegan, me doy una ducha.

Tenía la piel cubierta por una película de sudor, caricia de la terca humedad de Palermo. Se duchó y se cambió de calzoncillos y camisa. Cuando bajó, las ventanas enmarcaban la noche de agosto. Bonavolontà había abierto una mesa plegable en el centro del taller y arrimado dos sillas de metal. El mantel estaba sorprendentemente limpio y el aroma de la pizza hacía acogedor el lugar. Se sentaron a la par y las sillas crujieron al unísono. Lo primero fue abrir una cerveza: Raven se la bebió en tres tragos y notó el sudor renovado en la frente. Gaspare se repantigó en su asiento, ufano y parlanchín: *Chi pitittu cumpà!*, exclamó. ¡Qué apetito, compadre!, repitió, y lo miró con los ojos desorbitados por un falso estupor.

—Cómo pasa el tiempo, ¿eh?

Quería restablecer la camaradería de antaño, justificar los cambios habidos entre tanto, y acometió de mala manera una apología de su persona compuesta, con toda probabilidad, a lo largo de la jornada.

—He estado un poco al margen, no lo voy a negar —farfulló mientras arreaba el primer mordisco a su pizza. Gaspare masticó rápidamente a fin de retomar la frase interrumpida—. Algunos dicen que soy un tipo caído en desgracia, pero yo no lo veo así, ¿tú lo ves así?

Raven no lo vio así.

—¡Ahí está Velasco! Él sabe que puede contarse conmigo. Y no es el único, ¿eh? La gente sigue teniéndome en cuenta. ¿Y por qué? Porque soy un profesional. Sé cuál es mi sitio. Sé que es éste y no en otro; así de sencillo. Estarás de acuerdo conmigo.

Raven estuvo de acuerdo con él.

—Lo principal es saber cuál es nuestro sitio. Piensa en Silvio Berlusconi…

¡Berlusconi! Raven rememoró su rostro ancho y satisfecho en la portada del libro, su sonrisa laxa y complacida en la revista, ¡no puedo librarme de él! Gaspare no percibió su sorpresa; seguía devanando el ovillo de sus reflexiones:

—Fíjate en Berlusconi. Estuvo en Palermo hace unos años, en aquella reunión de los países más ricos del planeta, los del G-8, oirías hablar, ¿no? En fin, no diré nombres, tenlo en cuenta; no diré ningún nombre. Pero conozco a más de cuatro y más de cinco que cuando Berlusconi ganó las elecciones en 2001 abrieron botellas de champán y estuvieron brindando por la victoria toda la noche. ¡Si los hubieras visto! Eran las personas más felices de Sicilia. ¿Y qué hicieron cuando vino a Palermo, eh? Ni uno de ellos, que conste, ni uno solo asomó la nariz fuera del agujero. Ninguno. A Berlusconi no le conviene saber quién lo ha puesto donde está, ¿me entiendes? Y a ellos no les conviene airear sus preferencias. Si cada uno se queda en su sitio, todos salen ganando.

En los ojos de Bonavolontà refulgía una lágrima magnánima que el movimiento rítmico de la mandíbula ponía en entredicho. Engulló el bocado de pizza para darle la debida solemnidad a la coda a su proclama:

—Si las cosas están bien, no se tocan, ¿no? —Gaspare reunió aliento para el colofón—: Y hay cosas que son como el cagar: hay que hacerlas a solas.

—¡Joder! —exclamó Raven—. Que estamos comiendo.

Bonavolontà entendió el reproche a medias:

—Perdona, compadre. *A mia m'acchiananu i nerbi!*

Fue como si Gaspare lo descubriera de pronto.

—Se te ve cansado.

Lo estaba. Y el cansancio le impedía saborear la pizza, la cerveza, el techo sobre su cabeza o la compañía. La memoria exige un esfuerzo; Raven no había hecho nada en todo el día salvo recordar, y se sentía exhausto. La memoria es también agresión; se sentía dolido. Paseó la mirada por el taller y se detuvo en el póster de la chica que ofrecía el trasero como una sandía abierta, encima del teléfono.

—¿Puedes conseguirme un móvil para mañana?

—¿Para mañana? Sí, creo que sí.

—Uno limpio, que no haya sido robado.

—Lo sé, lo sé, no hace falta que lo digas —Gaspare arreó un mordisco a su cuña de pizza y, sin dejar de masticar, le recordó—: ¡Que soy un profesional!

CAPÍTULO 7
FLORES EN UNA
TUMBA SOLITARIA

A pesar del cansancio, no concilió el sueño de inmediato. Se había olvidado de la humedad persistente de Palermo, que te hace sudar a la sombra, y del calor acumulado durante el día, que te hace sudar mientras duermes. También había olvidado los mosquitos autóctonos, de un apetito sólo comparable a su terquedad. Había olvidado infinidad de cosas, grandes, medianas, pequeñas. Algunas le salían al paso como perros guardianes al cruzar ante jardines que creía desiertos; otras eran apenas unos granos de arena en la clepsidra. Al poco de estar en la cama, se levantó para enchufar el ventilador: llevó la ruedecita al máximo y fijó las aspas en dirección al colchón. El alivio fue mínimo. Combatir los mosquitos fue asimismo arduo: se echó colonia en el rostro, los brazos, las piernas, pero aquellas criaturas siempre hallaban un palmo franco donde saciarse.

A Gaspare Bonavolontà no le afectaban ni el calor ni los insectos; después de cenar, había improvisado un lecho dentro del Volkswagen y dormía a sus anchas, llenando el taller de ronquidos. Raven durmió mal. Cuando el sueño conseguía vencerlo, las experiencias del viernes se entremezclaban en su cabeza: oía el ruido de los motores del avión y veía a Gaspare en el aeropuerto, esperándolo, y a Valentina unos pasos atrás, esperándolo, y también a Matteo Santoro. Luego, el aeropuerto se transformó en una calle de Palermo, no sabría decir cuál, y se descubrió caminando junto a Santoro y Valentina; el capo le pasó a ella el brazo por la cintura: ¡Ven, te presentaré a mi hija! Valentina accedía y se alejaban. Despertó y estuvo tentado de ir a ducharse: el sudor le olía a cerveza. En otro sueño regresó a la casa en ruinas: en vez de Amman, llegó un hombre sin nombre y sin rostro, el hombre que mató, aquel comunista.

Con las primeras luces, estaba completamente desvelado. Entró en el baño, se dio una ducha y bajó. Gaspare había disminuido el volumen de los ronquidos, aunque seguían siendo lo bastante recios como para convertir el taller en un lugar inhóspito. No habían recogido los restos de la cena y un ejército de hormigas estaba llevándose las migajas. Los trozos de pizza más grandes, cubiertos de bichitos, asemejaban carbones encendidos. Descubrió los cadáveres de algunas flotando dentro de las cervezas a medio terminar. Fue un acto reflejo: aplastó una con el pulgar, reduciendo la hormiga a una mancha minúscula.

El carraspeo precedió al bostezo. Bonavolontà salió del vehículo con un brazo en alto y un puño cerrado; sólo dio por concluido el estiramiento tras descerrajar un segundo bostezo, mayor que el anterior.

—*Buon giorno*, compadre ¿Cómo has dormido?

—No muy bien. Había olvidado el calor y los mosquitos.

—*Buttana ra miseria!* Los mosquitos. A mí no me pican, ¿sabes? Debo tener mala sangre, compadre, y me dejan tranquilo.

Un bostezó distorsionó el comentario. Bonavolontà se restregó los ojos con los nudillos y exorcizó el sueño dando una fuerte palmada: «¿Te apetece un café?». Del armario de las herramientas, Gaspare sacó un hornillo eléctrico, una cafetera, un bote y dos tazas. «Otra cosa, no. Pero café nunca falta en esta casa». Llenó la cazoleta de agua en el lavadero y puso la cafetera en la placa anaranjada por el calor. Hizo un lío con los restos de la cena y los arrojó al cubo de basura. Se quedó quieto junto a la mesa y extendió el dedo índice como quien duda si tocar el piano hallado abierto en el salón vacío. Malditas hormigas, masculló, y aplastó aquel puntito vivo, reduciéndolo a una mancha diminuta. A Raven le inquietó aquel gesto que repetía el suyo.

El aroma del café dio una pátina civilizada a la mañana. Bonavolontà dispuso las tazas en la mesa y se tomó el suyo de un tirón. Raven abrió un bote de aluminio y descubrió una hormiga correteando en el lecho de azúcar, alterada por una emergencia invisible. Cogió una cucharada con sumo cuidado y cerró el bote.

Bonavolontà salió a buscar el teléfono móvil.

—Vuelvo en media hora.

Raven se sirvió otro café, repitiendo la delicada operación del azucarero, y con la taza en la mano salió al patio de atrás. El lugar había sido abandonado a su suerte. Dentro del armatoste que fue un vehículo se había tejido una compleja escenografía de telarañas, ahora cubiertas por un polvo amarillento. En un rincón, una torreta de baterías a medio devorar por el óxido desafiaba la ley de la gravedad con más fortuna que elegancia. En el rincón opuesto, las hierbas crecían en torno a un bidón de gasolina y algunos tallos se abrazaban al metal como criaturas necesitadas de afecto. En las bardas de las tapias también crecía broza y, detrás, se escuchaban voces aisladas. El sol subía la rampa del horizonte con mansedumbre equívoca. En el edificio de enfrente, una anciana madrugadora colgaba la colada en un tendedero; en un balcón cercano, un dóberman asomaba el hocico entre las rejas de la baranda. Raven miró al perro y el perro lo miró a él. Su imperturbabilidad era abrumadora.

Volvió al taller, puso la taza en la mesa y se acercó al teléfono con la vista puesta en la chica del culo sonriente. Bonavolontà solía responder con las manos sucias y el aparato lucía un generoso repertorio de huellas dactilares; el auricular olía a aceite de motor. Llamó a la pensión. Al reconocerlo, antes de hacer ninguna, la dueña respondió todas las posibles cuestiones.

Anoche los chicos regresaron pronto. No debían de ser ni las diez. Estaban cansados, yo los vi cansados. No estuvieron en el concierto. Se lo pregunté y me dijeron que al final no fueron al concierto, que estuvieron por ahí, no dijeron dónde. Por ahí. Ya han salido, ¿sabe? Iban muy serios.

—¿Ya han salido?

Sí. No eran ni las siete y media y ya estaban aquí, en la recepción. Muy serios. Les pregunté si había pasado algo, como quien no quiere la cosa, pero se encogieron de hombros y no insistí. ¿Debí hacerlo?

Había ansiedad en su voz, el afán de quien está preocupado por hacer las cosas bien, demasiado bien. Una señal de alarma se encendió en una celda oscura de su cerebro. ¿No había una ligerísima congoja en la voz de la mujer? La repentina llegada de Bonavolontà lo distrajo; Raven se despidió precipitadamente.

—¿Novedades? —preguntó Gaspare.

—¿Has traído el móvil? —preguntó él a su vez.

—Nada, que no te fías de mí —dijo con una pizca de frustración.

—No es falta de confianza, sino algo más sencillo: no debes implicarte más de cuanto estás haciéndolo.

—Si hay peligro, puedes contar conmigo.

—No lo hay y no lo habrá. Es un trabajo rutinario.

—¿Y para un trabajo rutinario necesitas la Beretta, eh? A mí no me engañas. Podría seguirte, ¿te enteras?, podría seguirte sin que te dieras cuenta y averiguar en qué andas metido.

—Si pensaras hacerlo, no me lo dirías.

Bonavolontà se quedó contemplando el cadáver de su propia audacia.

—Eso es verdad —musitó.

—Además, eres un profesional.

Bonavolontà entrecerró un ojo presintiendo la ironía.

—Soy un profesional y sé cuál es mi sitio.

—¿Has traído el móvil?

Gaspare le contó que era de una prima suya, viuda, que tenía una pescadería: «Por eso huele a pescado». Y le pasó el número del móvil copiado en una hoja cuadriculada: «Mi prima se lo compró porque hoy todo dios tiene móvil, nada más que por eso, pero nunca lo usa. Me ha dicho que el único que conoce el número es su hijo, que vive en Cerdeña, y la llama de higos a brevas». Raven se metió la nota en el bolsillo de la camisa: «Me voy, hasta luego».

El sábado se notaba en las calles. No había vehículos aparcados en doble fila delante de bancos o de bares. El flujo de coches seguía, por contra, una misma ruta hacia las afueras —Mondello, Sferracavallo, más lejos— con intenciones claras: conquistar una ínfima parcela de arena y sobrevivir a un día de playa. La gente acudía al reclamo del mar porque somos agua en un setenta por ciento, dicen, y satisfacer el instinto o la inercia justifica una jornada de aprietos. En los coches ya había rostros cansados, los de los padres, y sombrillas, flotadores, pelotas, algarabías en espera de una oportunidad, y carcajadas, gritos que se repetirían cada tres minutos en las horas siguientes, y cestas con bocadillos, galletas, patatas fritas, refrescos.

En el quiosco junto al Teatro Massimo tenían prensa extranjera. Callejeó hasta salir a Via Ruggero Settimo y giró a la izquierda. El tráfico huía en dirección contraria. Detuvo el Fiat junto al quiosco y compró *El País*. En la portada, dos noticias: una informaba de que las cámaras del cuartel habían grabado la paliza que un teniente de la Guardia Civil había dado a un detenido; en otra se describía el contenido de la mochila bomba sin explotar del atentado en Madrid del año anterior. Pasó varias páginas. Un titular: Nunca más Hiroshima y Nagasaki. Hoy se cumple el sexagésimo aniversario del lanzamiento de la primera bomba atómica. Hace sesenta años, un día como hoy, como tantos, el ejército norteamericano lanzó una bomba sobre Hiroshima. (En ningún momento se perdió el buen humor y el artefacto fue bautizado con el entrañable nombre de *Little Boy*). Aquel sábado de sesenta años después, miles de personas en Japón, millones, llorarían a sus difuntos con lágrimas de un mismo sabor salado. El llanto de Virginia no sería el único en bañar la tierra.

Entró en el cementerio con el periódico bajo el brazo. La hija de Santoro estaba arrodillada junto a la tumba, con el brazo izquierdo apoyado en la reja, acariciando el mármol de la losa con la punta de los dedos. Había arrancado la hierba silvestre y depositado un voluminoso ramo de flores en la lápida; los tallos se descolgaban en busca de la foto de la madre muerta. No corría la menor brisa, el rumor de las hojas no acunaría el sueño eterno de la difunta. Peor aún. De repetirse las temperaturas del día anterior, el ramo sería un amasijo exangüe de ahí a poco. El estridor de una cigarra aumentaba la sensación de soledad.

Virginia vestía vaqueros y una camiseta blanca; el pelo brillaba saludable con el primer sol de la mañana. Observaba absorta la pantalla del móvil, en su mano derecha, y no se percató de la presencia de Raven hasta que no lo tuvo encima. Supo inmediatamente de quién se trataba. No se acordaba de él, por supuesto; sencillamente aguardaba a alguien como él. Raven se acercó sin hacer movimientos bruscos y ella se puso tensa. Tenía cuerpo de mujer y emulaba las maneras mujeriles con acierto, pero olía a niña. Aún no había una plena asunción del papel y en sus ojos grises titilaban la indecisión íntima y la petulancia terca de la adolescente.

—*Buon giorno* —dijo Raven.

—¿Dónde está Chiodofisso? —preguntó Virginia mientras apagaba el móvil, se erguía y usaba el mentón como un arma defensiva. Raven había ensayado un comentario benévolo a propósito de la difunta madre; lo desechó.

—Chiodofisso no ha podido venir. Y me ha tocado a mí…

—Te ha tocado a ti hacer de gorila.

—De gorila, de niñera. ¿Dónde está tu amiguito?

—¿No lo sabes? Tu trabajo es saberlo.

Una escenita predecible. Raven intentó desbaratarla:

—Me gustaría tener la fiesta en paz.

La chica barruntaba alguna insolencia, pero se decantó por lo evidente:

—Ahí lo tienes…

Davide venía por el sendero sujetando un cubo de agua con ambas manos. Al chico le gustaban las camisas chillonas: hoy vestía una de color violeta, ennegrecida en los sobacos. Llegaba sudando y respondió desafiante a la presencia de Raven. Dejó el cubo con un suspiro y miró indignado al rostro indignado de Virginia.

—¿Quién es éste? —preguntó.

—Te dije que mi padre enviaría uno tarde o temprano.

—¿Y ahora qué hacemos?

—Lo que pensábamos hacer, ¿qué te creías?

—¿Y no nos dará problemas?

Es una actitud muy arraigada entre los dueños del mundo; hablan de los subalternos como si éstos no existieran. De alguna manera, estaban en lo cierto. Raven era un ser anónimo, nadie. Virginia señaló a los pies de Davide:

—¡Pero si es un cubo de playa!

—No he encontrado otra cosa.

—¿Y por qué no lo has llenado hasta arriba?

—¡El grifo está en la otra punta del cementerio!

Raven avanzó esos pocos pasos que lo dejaban al margen, puso el pie en el borde del cubo, empujó con cuidado y vació el contenido en el sendero, lentamente. Los jóvenes enmudecieron, intrigados por el significado escondido en el agua derramada. Lo miraron sorprendidos. Raven ahora existía.

El chico intentó enfadarse:

—Se puede saber qué…

—Ha dicho que lo llenes hasta arriba, ¡ve!

Davide consultó el rostro de Virginia —no sabía si era oportuno demostrar agallas— y encontró un ceño indispuesto al parlamento; ni le aconsejaba ni le desaconsejaba nada. Raven cogió el periódico y empezó a abanicarse; la camisa se había humedecido de nuevo. Los chicos malinterpretaron el gesto de incomodidad.

—No me digas que no coges una indirecta.

El chico cogió la indirecta; también el cubo. Lo hizo con una desgana que lo dignificaba, o así creía él, y se marchó por donde había venido, haciendo la rabia más ostensible a medida que se alejaba. En cierto punto golpeó la rama de un ciprés y ésta estuvo cabeceando mientras se perdía de vista.

—Como te estaba diciendo —continuó Raven—, querría tener la fiesta en paz. Te guste o no, vendrás conmigo. Hoy, mañana, cuando te apetezca, pero conmigo. Mi propósito no es amargarte el fin de semana, al contrario. Si prometes comportarte bien, no me importaría dejarte tranquila. Es lo que quieres, ¿no? Pues lo tendrás. Pero con una condición: ser una niñita buena, ¿entiendes? Si me dices qué piensas hacer y cómo localizarte, si me prometes que no harás ninguna gilipollez, me mantendré aparte. Quedamos para esta noche, para mañana, cuando quieras, y volvemos juntos a Roma.

—¿Mi padre te ha ordenado esto?

—Te lo propongo yo.

Virginia sostuvo su mirada unos instantes.

—Chiodofisso no habría sido tan comprensivo —advirtió él.

—Quiero pensarlo, ¿puedo?

—Te espero fuera, en la entrada.

Raven había aparcado el Fiat contra la tapia del cementerio, a una prudente distancia de la entrada. La sombra del muro y los cipreses caía sobre el flanco izquierdo del vehículo y se apoyó en esa mitad, el periódico desplegado, saltando de la página al portón del camposanto y de allí a la página. Poca gente. Casi nadie. No era día propicio para el luto. Entre el mar y los seres queridos, los palermitanos se habían decantado por el bullebulle playero. Hizo una pausa para fumarse un cigarro con estudiada desidia. No creía que a la parejita se le ocurriera ninguna tontería: Virginia hacía gala ya de un férreo pragmatismo. Pasó media hora de esa manera y pasaban de las once cuando asomaron los dos jóvenes. Virginia se detuvo a escasa distancia y, apuntándole con el mentón alzado, preguntó: «¿Éste es tu coche?». Raven dio un golpe cariñoso a la carrocería: sí. Al igual que el padre, la chica abordaba las cuestiones dando rodeos:

—¿Vas al centro?

—Estoy a vuestra entera disposición.

Raven se sentó al volante; ellos, detrás. Esperó un instante antes de arrancar, y se buscaron los rostros en el retrovisor. Otra escena previsible, avivada por el orgullo herido. Virginia le escupió desde detrás: «Los tipos como tú me dan asco, ¿te enteras? Asco. Cuando os veo siento ganas de vomitar. Hacéis cualquier cosa por dinero. Es la única cosa que tenéis en mente: ¡dinero!». Davide, a su lado, no ocultaba su satisfacción. La chica se creció:

—Cuando os veo siento náuseas.

No merecía respuesta. Sin embargo, tal como ocurrió con Valentina, Raven se habría sentido mal consigo mismo de no haber dicho cuanto dijo. En sus palabras hubo sarcasmo, no fastidio:

—Para ti es fácil decir eso. Sólo tienes que mover un dedo y todo el dinero que necesitas se materializa por encanto. Tú puedes permitirte despreciarlo, yo no.

Virginia puso el hociquillo disgustado que Raven había visto en un retrato allá, en la casa paterna, en Roma. Podía decir más. Habría podido decirles más a ambos. Podría haberles dicho que el dinero que ellos derrochaban una tarde cualquiera tardaban meses en ganarlo chicos de su edad, sin su ascendente. Podía haberles dicho que sus padres ganaban ese dinero gracias a tipejos como él, ésos que tanto asco dan. Habría podido repetirles lo que le dijo a Valentina la tarde anterior, pero dudaba que lo entendieran y decidió ahorrar aliento. Raven creyó erróneamente que esas pocas palabras habían bastado para callar a Virginia. En realidad, la chica se había distraído observando a dos hombres que entraron a paso rápido en el camposanto, como si llegaran con retraso a un entierro; se quedó mirándolos con interés.

—Te repito lo de antes —dijo Raven—, me gustaría tener la fiesta en paz. Hasta donde me sea posible os dejaré tranquilos. Con una condición. Que no os hagáis los chulitos conmigo.

En el retrovisor, Davide buscaba respuestas en el rostro de ella.

—Eres una chica inteligente y sabes qué te conviene.

En el retrovisor, los ojos grises de ella lo buscaban a él.

—¿Y cuál es el programa?

—Tengo dos billetes de avión…

—¿Y yo? —intervino Davide, confuso.

Raven miró al chico, de camino hacia la boca del lobo.

—Tengo dos billetes y puedo comprar un tercero. El dinero es de papá —señaló a Virginia—. Bien, mi oferta es ésta: ¿queréis pasar el resto del fin de semana en Palermo?

No dijeron ni sí ni no, pero sus intenciones estaban claras.

—Perfecto. ¿Qué pensáis hacer?

En el retrovisor se vieron mohines vagos.

—Bien, podéis ir donde os venga en gana siempre y cuando mantengamos el contacto.

Al sacar la nota de Gaspare, saltó del bolsillo la fotografía de Virginia. La chica se la arrebató de un manotazo y el pistolero temió que el ultraje de encontrar la propia imagen en manos ajenas estropeara el clima de entendimiento.

—¿Tenéis dónde copiar mi teléfono?

Virginia sacó un cuaderno de su bolsa y escribió el número.

—¿Tienes tú donde copiar el nuestro?

Raven copió el de ellos.

—Bien, podéis seguir con vuestras vacaciones. Id pensando cuándo regresar. Os llamaré por la tarde, sobre las cinco, ¿de acuerdo?

En el retrovisor hubo cabeceos afirmativos.

El silencio ulterior satisfizo a todos. No fue un silencio impuesto e incómodo, sino la tregua que permitió a cada uno repartir debidamente ideas y emociones en los estantes respectivos. El tráfico amodorrado favoreció la reflexión. Raven halló el perfil de Davide en el espejo: un tanto inmaduro, pero tan buen chico como le permitía su circunstancia, un estatus en el cual es extremadamente sencillo desarrollar un egoísmo patológico. Sintió lástima, pero la rechazó. Don Matteo estaba preparándole una buena y no descartaba que le tocara participar del espectáculo. Cuanto peor le cayera Davide, mejor.

—¿Puedo invitaros a una Coca-Cola?

En el retrovisor, dos rostros aniñados por el estupor.

—En fin, decidme dónde os dejo.

—Aquí mismo —indicó Virginia—. Aquí.

Raven detuvo el coche y se giró para mirarlos cara a cara:

—Entonces, ¿de acuerdo?

—Que sí, ¡joder! —exclamó ella—. Mañana volveremos juntos a casita y tan contentos. Hasta la tarde, a las cinco, ¿no?

Descendieron del vehículo e incluso saludaron. Sin entusiasmo, pero al menos saludaron antes de darse media vuelta. Davide le pasó el brazo sobre los hombros y agachó la cabeza para escuchar una confidencia de Virginia.

—El mundo es vuestro —susurró Raven.

Y devolvió las manos al volante y los ojos a una avenida castigada por un sol insolente. Debía llamar a Santoro, pero no le apetecía hacerlo, no de momento. Las alternativas no eran muchas y, sin embargo, la mayoría sobraban. Pensaba en una única cosa. En media hora estuvo a las puertas de Sferracavallo.

Había un atasco considerable: la localidad no podía absorber el flujo ininterrumpido de vehículos. Raven estaba por darse media vuelta cuando un Ford, que salió acelerando para incorporarse a la calzada, decidió por él. Metió el Fiat en el hueco libre y llamó a Santoro desde una cabina cercana. El teléfono sonó hasta seis veces antes de que respondieran.

—Don Matteo, he hablado con su hija y ha entrado en razones.

¿Está bien, sí? ¿Cuándo volvéis?

—Me ha pedido dejarla sola. Hablaré con ella un poco más tarde.

¿Ha estado ya en el cementerio?

—Sí. Acabamos de regresar de allí.

A Don Matteo se le escapó un gañido incongruente.

Él estuvo a punto de preguntarle qué sucedía.

¿Y el moscardón? Ese Davide Gentile…

—Sigue con ella.

Se me ha ocurrido un escarmiento, ¿sabes? —y Santoro se lo describió con unas pocas frases, excitado, cuasi exultante—. *¿Qué te parece?*

—Don Matteo. Sólo es un crío…

¿Y qué tiene que ver, eh? No me dirás…

—No me malinterprete. Me limito a recordarle que no tiene siquiera veinte años. Evalúe bien la situación.

La situación la tengo más que evaluada.

—En ese caso, nada que añadir.

Raven dejó que fuera Don Matteo quien se despidiera. El capo se hizo el remolón al otro lado del hilo, habló del buen nombre de la familia, tenía que darle su merecido a ese moscardón y se lo daría, ni una palabra más. Estaba furioso. Pero, un instante después, dijo *arrivederci* con una sorna inesperada y colgó. El polvo de la sospecha se quedó flotando en el aire: ¿A qué venía ese tono jocoso?

Raven anduvo el resto del recorrido a paso lento para no sudar.

Antes de tocar el timbre, la viejecita enmarcada en la ventana confirmó que Valentina estaba en casa; en sus ojitos minúsculos temblaban las ansias de saber y el miedo a saber. Cuando Valentina abrió la puerta, Raven le propuso: «O me invitas a almorzar o te invito yo». No logró darle a las palabras la alegría ensayada mentalmente.

—¡Pasa! —respondió ella—. Iba a echar la pasta.

CAPÍTULO 8
UN POZO DE HUMO

Habían acordado no tocar del tema. Fue inútil. El almuerzo se desarrolló en una calma embarazosa pero, al calor del café, tras agotar una serie de argumentos banales, llegaron delante del umbral que ansiaban y eludían. Raven dio el primer paso: «Te preguntarás cómo una persona... Te preguntarás cómo puede una persona cualquiera convertirse en una alimaña. Es sencillo. Hay gente que nace en la oscuridad, dentro de un mundo pequeño y cerrado, y nunca podrá salir a la luz». Raven se aferró a las crines del recuerdo, ese recuerdo que cabalgaba desde hacía horas, y aquel caballo loco galopó hasta una noche de muchos años atrás.

El pistolero se vio recostado en un vehículo que crecía o menguaba según prestara atención a sí mismo o al entorno; la soledad aumentaba las dimensiones del interior del coche, la noche lo empequeñecía. Recordaba el olor a cuero sintético de la tapicería, la roña del salpicadero, las alfombrillas sucias; entretuvo la uña del índice hurgando en un agujero del volante. Se exigió permanecer quieto y controlar las emociones. En la evocación de hoy se entremetían las del día anterior. Raven empleó consigo la advertencia contra Amman: puesto que nadie lo retenía y no pensaba huir, ¡qué sentido tenía desesperar! Extrajo la Beretta de la guantera; la empuñadura imitaba las escamas de una serpiente y era fría como fríos son los reptiles. Aquella frialdad le hizo bien. Aprendería de ella. Descansó las manos abiertas en los muslos y retrepó el cuerpo en el respaldo. El silencio hizo mayor la longitud del suspiro.

El coche estaba aparcado frente a la casa de la víctima, bajo el abrigo umbrío de unas adelfas. La sombra de la planta cubría el vehículo y confundía su mole con la de varios contenedores de basura. La calle era solitaria y los caminantes preferían la acera opuesta, protegida por el haz de unas farolas y el de las luces encendidas en la fachada del edificio. La víctima vivía en el cuarto piso. Allí había luz en tres ventanas, dos de ellas pertenecientes al mismo apartamento: una figura filiforme, en contrapicado, pasó de una a otra como si acudiera a responder al teléfono, agachándose conforme se acercaba a la meta. Otra ventana mostraba, en escorzo, el ramaje de una lámpara. La víctima tenía esposa, hijos.

Valentina lo miraba con asombro, sin dar crédito a cuanto oía. La repulsión que el extranjero volcaba sobre sí no bastaba para dignificarlo.

Durante la espera, Raven repasaba las páginas lentas de los ayeres. Rescató una conversación deshilachada de pocos días antes: Gaspare defendía las prestaciones del vehículo: «No es tan viejo como parece, que conste. Bueno, sí, es tan viejo y más, pero no tanto como crees; el motor es un hueso, ¿te enteras?». Se acordó de un paseo junto a Salinari. Hablaba de obediencia y disponibilidad y de todo cuanto era necesario para hacerse un hueco en sus filas. Hablaba de acciones y méritos: «Estamos en una meritocracia, no lo olvides». Raven puso a Salinari la voz de Don Matteo cuando dijo: «Demuéstrame que eres capaz de hacer esto, demuéstrale a Tancredi que eres un tipo duro». El mencionado Tancredi intentó justificarse:

—Por favor, señor, yo no he dicho...

Salinari acalló a su lugarteniente levantando una mano sin mover un músculo del cuerpo. En el recuerdo, Tancredi se echó atrás, Salinari sonrió y ambos desaparecieron en un pozo de humo; la noche de marras se hizo más vívida, la calle vacía, el edificio de ventanas encendidas, él dentro del coche, la Beretta en la mano. Pasó un vecino con su perro; se detuvieron y el buen hombre estuvo contemplando cómo defecaba el animal. Cuando el chucho terminó, lanzó polvo sobre el excremento rascando los adoquines con las patas traseras. Luego continuaron su camino: el tipo, meditabundo; el perro, juguetón. Llegó una moto con una pareja. Bajó la chica, besó al chico y subió las escaleras de la entrada dando saltitos.

Miró el reloj: llevaba allí una hora.

De repente, un nombre. El de la víctima. El honorable Della Valle, uno de los líderes más prometedores del Partido Comunista de Palermo. Aunque los comunistas ya no se hallaran entre las presas predilectas de la mafia, por la sencilla razón de que el comunismo había dejado de ser rival político, desacreditado por la caída del Muro de Berlín tres años atrás, el honorable Della Valle había traído inquietud a Salinari y a los suyos: «Tiene fuerza, tiene carisma y tiene las ideas claras. Así pues, tiene los días contados». El chiste no era nuevo, pero Salinari rió con la incontinencia de la primera vez. Della Valle llegaría a casa de un momento a otro. Volvería con la sensación del deber cumplido. Descubriría demasiado tarde que nunca debió decirle «no» a esa gente que nunca acepta un «no» como respuesta.

Raven curioseó en la rutina de los demás. En el tercer piso, un anciano asomado al balcón fumaba con parsimonia y deleite. A la izquierda se veía una perspectiva oblicua de una cocina; no estaba seguro de quién se movía alrededor de los fogones, si hombre o mujer. En el segundo piso, un grupo familiar indefinido se congregaba en torno al televisor; la pantalla despedía haces de luz de intensidad cambiante.

Y hete aquí Della Valle. Regresaba a pie con un portafolio en la mano derecha y la izquierda dentro del bolsillo del pantalón, echando atrás la chaqueta abierta. Raven seguía sin recordar el rostro. Agarró la Beretta con ambas manos, intentando traspasar calor al metal y despertar la serpiente que anida dentro. Cuando Della Valle estuvo a escasos metros del portal, empujó la puerta del coche con el antebrazo y fue en su busca. El otro se detuvo en seco, sobresaltado por la revelación; no debiera descartarse que antes de morir comprendiera el porqué de su muerte. Bastó un disparo. El pistolero se apartó del cadáver sin mirarlo —esto es esencial—, subió al coche y se largó a toda velocidad en tanto la gente acudía a las ventanas atraída por la detonación. En algunas casas se apagaron las luces, espoleadas por el miedo.

Palermo era una ciudad con miedo.

Tomó el camino del cementerio. Condujo junto a las tapias blancas; en la silueta de cada ciprés, imaginaba una navaja dispuesta al tajo definitivo. Un callejón, una avenida, una pendiente mal asfaltada, un bache, otro bache, una esquina, un cruce mal señalizado, un frenazo. Raven dirigió el vehículo hasta un solar en sombras y descendió. Gaspare Bonavolontà aguardaba con una sonrisa injustificada: «¿Todo bien? —preguntó—. ¿Se ha portado bien mi cochecito?». No parecía preocuparle otra cosa.

—Las llaves están puestas. ¡Lárgate de aquí!

Intercambiaron los vehículos. Bonavolontà retiraría el suyo de la circulación; tal vez algún vecino veloz e imprudente había alcanzado a verlo mientras se alejaba de la escena del crimen. El nuevo coche era más grande, pero no ajeno al horror. Raven envolvió la Beretta en un pañuelo y abrió la guantera para meter la pistola. Tropezó con un objeto voluminoso. «¿Quieres saber qué era?», le preguntó a Valentina. La joven tenía la mirada perdida en la mesa. La historia de Raven estaba trazando la vida de su tío Dante y debe de ser duro descubrir que por las venas te corre la misma sangre del monstruo. Raven repitió: «¿Quieres saber qué era?».

Una Biblia.

El mafioso es hombre devoto, de misa los domingos y obras de caridad. En la curia siciliana, Raven había conocido a un capo a quien todos llamaban *Il Papa* (El Papa), a otro que respondía al nombre de *Il Vescovo* (El Obispo) y a un tercero apodado *Il Prete* (El Sacerdote). También había aprendido el Padrenuestro en italiano de labios de un sicario: *Padre Nostro, che sei nei cieli, sia santificato il tuo nome, venga il tuo regno, sia fatta la tua volontà, come in cielo così in terra*, etc. Antes de salir de casa, Salinari solía besarse el pulgar y ponerlo en la frente de una ostentosa efigie de Cristo que tenía en el vestíbulo de casa. Y uno de sus esbirros se persignaba antes de entrar en acción y entonaba una plegaria exculpatoria: «Dios, Tú sabes que no es culpa mía, ¡son ellos quienes han querido hacerse matar!».

Raven depositó el arma en la guantera.

La Biblia y la Beretta se amoldaron bien.

El nuevo vehículo fue como una nueva piel, una nueva identidad. Cedió el paso civilizadamente a una ambulancia que venía arañando la noche y condujo más tranquilo hasta su destino. Tancredi lo esperaba en un bar abierto exclusivamente para él, repantigado en una silla, con una mueca de regocijo en el que perduraban los rescoldos de la incredulidad.

—No te creía capaz —dijo a modo de saludo—. ¿Quieres tomar algo?

Raven se sentó frente a él y arrojó las llaves sobre la mesa.

—¿Qué hago con el coche?

Tancredi lo miraba de reojo. Hizo un gesto al barman; giró el índice horizontalmente, alrededor de un eje invisible, pidiéndole que trajera más de lo mismo.

—Te he pedido una cerveza.

—¿Qué hago con el coche?

El otro echó atrás la cabeza, no el cuerpo, y le ofreció una papada burlona.

—Te das asco, ¿eh? Si quieres, puedo aconsejarte algún tranquilizante. Te ayudará a dormir. Te hará bien dormir.

Raven golpeó la mesa con la mano abierta.

—¿Qué cojones hago con el coche?

Tancredi avanzó hasta colocarse a escasos centímetros, le puso dos dedos en el pecho y, mientras le daba golpecitos secos, escanció las palabras lentamente: «Que-no-se-te-ocurra-gritarme-otra-vez». Raven jamás olvidaría el bochorno. Notó las miradas del camarero y el Pelirrojo, en la mesa de al lado, en guardia. Al menor gesto equívoco se le echarían encima. No tenía ninguna posibilidad, estaba en el feudo de Tancredi. La cerveza le permitió distraer el pensamiento. Tancredi continuó:

—Como estaba diciendo, no te creía con los redaños necesarios. Eres un tipo duro, de acuerdo; lo sabíamos por Velasco. Lo has pasado mal, ¡vale! Velasco decía eso como si fueran credenciales suficientes. ¿Y qué? He visto a centenares de tipos como tú, hombres duros y desesperados como tú, ¿te enteras?, y no todos están dispuestos a cualquier cosa —Tancredi sonrió—: ¿Sabes cómo llamamos nosotros a quienes no superan la prueba? Decimos que son *nuddu miscatu cu nnenti*. No sé bien cómo traducirlo. Viene a decir que son menos que nada, ¿me entiendes? Pues bien, me recuerdas a esos muertos de hambre, pero no eres exactamente como ellos, he de reconocerlo. Y sin embargo, ese asco que sientes, ese odio hacia mí, esa rabia que te corroe demuestra que yo estaba en lo cierto.

Te ha costado, ¿eh? No has tenido las ideas claras, ¿a que no? Pero al final has comprendido, ¿a que sí? Vivimos en un mundo de mierda, ¿verdad? Pensamos que podremos sobrevivir alrededor de la ciénaga. Y no. O te metes y chapoteas con nosotros o te largas de aquí, ésa es la ley.

—¿Qué hago con el coche? —repitió Raven con voz queda.

A Tancredi le disgustó el rechazo de sus sabias recomendaciones.

—Tendrás que volver a ese cuchitril que tienes alquilado, ¿no? Llévatelo. Ya lo devolverás mañana.

—No tengo dónde dejarlo.

—Puedes dejarlo en mitad de la calle con las llaves puestas. Nadie osará ponerle una mano encima. Es posible que incluso le saquen brillo durante la noche. Aquí todos respetan a Salinari.

Raven, que había recogido las llaves, se disponía a irse:

—No es la primera vez que mato a una persona.

—Velasco nos lo ha contado, ¿qué te crees? Sin embargo es la primera vez que lo haces por dinero, sin que la vida del otro te importe un comino. Porque la víctima no te importaba: te importabas tú, te preocupaba tu gesto. Eso lo cambia todo, ¿no? Velasco dice que eres de fiar y el capo ha decidido ponerte a prueba. Tiene grandes proyectos y necesita gente con cojones. ¡Tú los tienes! Lo has hecho bien y te estará agradecido, pero yo te estaré vigilando; no te quitaré el ojo ni un segundo. A mí no se me convence tan fácilmente. Toma esto como un aviso o un consejo, lo que prefieras, con tal de no olvidarlo. A mí tendrás que convencerme un día tras otro de que tienes los huevos necesarios.

Raven abandonó el lugar sin despedirse, ningún mohín, ni siquiera cuando tropezó con el rostro socarrón del Pelirrojo, muy divertido por la escena recién representada. No volvió a casa; le habría sido imposible conciliar el sueño. Lo de los tranquilizantes quizás no fuera mala idea. Buscó instintivamente refugio en un local, en una plazoleta anónima, donde la gente entraba a beber y ahogar las penas. Lo conocía lo bastante como para sentirse seguro, aunque... «Espera. No estoy seguro de que sucediera esa misma noche. Los recuerdos se superponen. Por un instante he creído que sí, que ocurrió a continuación, pero debió de suceder algún tiempo después. El estado de ánimo era idéntico»... Raven tenía por delante una noche ingrata, el sueño lo había expulsado de su regazo, y halló cobijo en el bar de la plazoleta, fuera de la jurisdicción de Salinari. Aparcó en una calle paralela, lejos de miradas indiscretas. La Biblia ya no estaba en la guantera. La Beretta, sí. La cogió y se la metió en el cinturón, detrás, debajo de la chaqueta. Y entró en el bar.

Miró por encima del hombro del barman y apuntó con un dedo una botella de la repisa. Raven vio su propio reflejo en un espejo que duplicaba el tamaño de los estantes y multiplicaba el número de los clientes. El camarero llenó medio vaso de ginebra y puso un botellín de limonada al lado; pagó la consumición y se fue a una esquina de la barra, de cara a la puerta de entrada. Nunca le daba la espalda a las puertas y esta prevención le salvó la vida.

Una mujer de pelo acaracolado, en el extremo opuesto de la barra, lo había seguido con los ojos y no cejó hasta sacarle un saludo. Luego, según el guión preestablecido, empezó haciéndose la remolona. Le aguantó la mirada, se sonrieron, y ella bajó el rostro y movió la cabeza diciendo que no, que no, que no; unas negativas como golondrinas antes de que el sí se posara en el alero. Los cazadores interrumpieron el cortejo. Cuando lo avistaron, Raven ya escapaba hacia la parte posterior del local. La mujer de pelo rizado le salió al paso en busca de una frase cariñosa y se vio lanzada contra el carnicero más próximo. Ella dio unos manotazos ridículos en el aire, como si el aire fuera agua y ella se estuviera ahogando. ¡Quita de en medio!, gritó el sicario; el bramido enmudeció a los presentes y les indicó la salida a media docena de ellos.

El camarero retrocedió hasta tropezar con las estanterías.

Uno de los perseguidores —el que se debatía con la fulana, no; el otro— sacó un pistolón y disparó mordiéndose el labio inferior con los dientes superiores para mejorar la puntería. El trueno provocó la desbandada definitiva: las mesas rascaron el suelo, las sillas giraron como peonzas, y el ruido de un vaso roto se añadió al estupor general. Las puertas del local se abrieron de par en par y vomitaron una turbamulta con dos objetivos definidos: alejarse y olvidar. Raven cerró tras de sí la puerta donde se alojó la bala. Atravesó el almacén en cuatro saltos y se encaramó a una ventana que sabía abierta, tras una pared de cajas de cartón. Al caer del otro lado, escuchó la irrupción de los cazadores en el cuartucho y los rugidos, deprisa, deprisa, tras su rastro. Corrió hacia el coche, mientras sacaba la Beretta del cinto.

Si habían dado con él, tal vez vinieran siguiéndolo y tal vez supieran dónde había aparcado. Temía hallar a alguien emboscado, pronto ante la eventualidad de la fuga, el aguijón supurando lágrimas de veneno. Raven alcanzó el vehículo sin tropiezos. En tanto maniobraba vio por la ventanilla a los dos energúmenos. Uno iba desarmado; el otro, en cambio, hizo nuevo uso del arma. El disparo agujereó la carrocería y Raven aceleró. La máquina zumbó varios centenares de metros, pero el volante se rebeló al tomar una curva y el coche, desoyendo el chillido infantil e inútil de los frenos, se lanzó de bruces contra un árbol. Raven apoyó los brazos en el volante para amortiguar el golpe y el tronco corrió a empotrarse en la delantera del vehículo. El cuello le dolería unas semanas; sin embargo, salió sin ningún rasguño.

Se había alejado apenas quinientos metros.

Bajó con el arma en la mano y continuó la huida a pie, alejándose, alerta y asustado, temiendo ver aparecer a sus perseguidores. Alguien le comentó que el que huye no siempre se aleja; a veces, se limita a dar vueltas en torno al lugar donde han de atraparlo. Raven se secó el sudor y miró a Valentina:

—¿Quieres que te cuente otra batallita?

Valentina no había escuchado la última parte del relato. Estaba abstraída, como si oyera voces en otra habitación; una habitación habría jurado que vacía. Al percatarse del silencio del hombre, casi sorprendida, se puso en pie y se plantó delante de la puerta del patio. La mujer se bañó en los rayos de sol hasta la cintura.

—Cuando hablaste de un mundo negro y cerrado, me has recordado de donde vengo y por qué estoy aquí. En Sferracavallo, quiero decir —comentó. Aún escuchaba esas voces fantasmales en la habitación vacía. Continuó—: Yo creí que había cogido el sida. Un amigo, mi novio... murió de sida, ¿sabes? Cuando supe lo de la enfermedad no me preocupó cuánto le quedaba, sino si me había contagiado o no. Tuve suerte. Estábamos más preocupados en meternos droga que en follar. Imagino que escapé por milagro. Y me sometí a una cura de desintoxicación. Al salir me enteré de que mi novio, este amigo mío, había muerto. Sufrió mucho. Hasta el final. Sferracavallo es lo más lejos que he conseguido escapar. Quizás no he sido mejor que vosotros. Quizás de quien tengo asco es de mí.

A Raven no le apetecía participar del juego de las conmiseraciones.

—Va siendo hora de que me vaya.

Valentina dijo que sí con la cabeza.

—Gracias por el almuerzo.

La mujer repitió el tic anterior. Raven salió de casa con la vana esperanza de que ella lo llamara y le pidiera que regresara pasado un tiempo, tal vez entonces seamos capaces de hablar de nosotros, sin fantasmas por medio, algo por el estilo.

Valentina no abrió la boca.

Conforme se alejaba, el hombre ganó decisión. Iba diciéndose que nada lo detendría, pero el estrépito del móvil en el bolsillo de la camisa lo clavó en medio de la calle, desorientado. Sólo podía tratarse de Bonavolontà o de Virginia.

Era la chica. Y fue directa al grano, sin preámbulos ni impaciencia:

Mira, a lo mejor me estoy comportando como una paranoica, pero juraría que dos hombres nos están siguiendo.

Raven apretó el teléfono contra la oreja:

—¿Estás segura?

Al cien por cien, no —musitó, pero…—. *Pero me pareció verlos anoche cuando regresábamos a la pensión y pasaron a nuestro lado esta mañana, cuando estábamos en tu coche, en el cementerio. Demasiada casualidad, ¿no? Ahora…*

—¿Dónde estáis ahora?

No sé cómo se llama este sitio. Espera, que miro. A ver… Cerca del Castillo La Zisa, ¿sabes dónde?

—Escúchame: quiero que volváis a la pensión y os encerréis a cal y canto en vuestro cuarto, ¿entendido? Quiero que me llames cuando estéis allí, ¿de acuerdo? Me reuniré con vosotros en veinte minutos.

CAPÍTULO 9
LA PRINCESA Y LOS DRAGONES

Mientras corría hacia el coche, gruñó: «Tenía que ocurrir». Siempre se tuerce algo; no puede escribirse una novela sin conflicto. ¡Tenía que ocurrir! Se maldijo por haberse alejado de Palermo. Para empeorar la situación, la salida de Sferracavallo se había transformado en un hervidero de excursionistas playeros en torpe retirada, aunque el haber aparcado a la entrada de la localidad le ahorraba lo peor del atasco. Al querer abrir la puerta del Fiat, la llave osó no responder a su voluntad y tuvo que golpear el techo con la palma abierta para desahogarse. Le hizo bien. En el segundo intento logró no tropezar con sus propios movimientos. Nada más subir, sacó la Beretta de la guantera y la puso en el asiento de al lado, debajo del periódico de la mañana.

¿No estaba exagerando? ¿Y si fuera una falsa alarma?

Me cago en dios, tronó, los dientes apretados.

Una brusca maniobra puso en guardia a un conductor y el titubeo de este último le permitió incorporarse al carril. Raven lo escuchó preguntarse en voz alta qué le pasa a este chalado... Dar la vuelta al vehículo no fue sencillo. Probó una vez, dos veces. Los que venían en sentido contrario no le dejaban espacio y detrás se oían los sones de un puñado de conductores airados, de modo que lanzó el morro contra un Renault anónimo, consiguió que frenara, retrocedió con idénticos malos modos y giró el volante para cambiar el sentido de la marcha de un tirón; los neumáticos sacaron un chirrido a la pizarra de la tarde. Esos pocos minutos bastaron para hacerle sudar.

Cuando salía de Sferracavallo, Valentina empezó a quedarse atrás. Aceleró y ella se quedó un poco más atrás. Adelantó a una furgoneta y el impacto del sol en el retrovisor fue como un fogonazo de lucidez. El teléfono tembló en el bolsillo: ¡Virginia!

—Estoy llegando, estoy llegando, ¿cómo estáis?

Hemos llegado a la pensión, pero esto no me gusta.

—¿Qué quiere decir que no te gusta?

La dueña, la de recepción, está asustada.

A Raven no se le ocurrió una pregunta mejor:

—¿Qué quiere decir que está asustada?

Pues eso, ¡joder!, que tiene miedo.

—Vale, vale, vale. ¿Estáis en vuestro cuarto?

Sí, pero Davide se ha asomado por la ventana y dice que los tipos de antes están afuera. Ahora son tres.

—Espera, espera, espera.

Raven puso ambas manos en el volante y descargó el peso del cuerpo en la bocina. Un viejo armatoste se había incorporado a la carretera por una vía lateral y tuvo que frenar bruscamente. Retomó la conversación:

—Dices que ahora son tres...

¿Podríamos llamar a la policía?

—No creo que a tu padre le guste la idea.

¡Tarde! Demasiado tarde. Los frenos reaccionaron, pero la orden había partido tarde. Un volantazo en el último momento evitó la colisión. Raven rozó el flanco izquierdo de un taxi, que se detuvo en espera de que él lo secundara. Aceleró. Había doscientos metros libres por delante y aceleró para que el taxista no pudiera leer la matrícula. Cuando llegó donde los coches ronroneaban, invadió el carril reservado a transportes públicos y pasó arrancando bramidos a varios vehículos, pataletas a un par de motoristas y escándalo a los pacíficos habitantes de las aceras.

El teléfono se había caído al suelo.

—Virginia, ¿sigues ahí?

¿Se puede saber qué ha pasado?

—¡Estoy llegando, estoy llegando! Unos minutos y estaré ahí.

Cortó la comunicación y tecleó un nuevo número.

—¡Gaspare! Soy yo, ¿sabes dónde está la pensión Santa Rosalía?

¡Raven! ¿Qué cojones pasa?

—Responde: ¿Conoces la pensión de Corso Vittorio Emanuele?

¿La pensión Santa Rosalía? Sí.

—Quiero que vayas ahora mismo para allá, ¡armado!

Bonavolontà soltó una blasfemia: Dime algo más, ¿no?

—Hay una pareja en el primer piso. Que nadie le ponga una mano encima. No me esperes, ¡actúa!

Bonavolontà cortó la conexión.

Raven pensó en Santoro; se lo figuró como una serpiente en la madriguera que ha escuchado golpes en el exterior. En la penumbra del apartamento romano, en esa atmósfera pantanosa mitigada por el aire acondicionado, el reptil alza la cabecita huesuda con una leve oscilación, intentando descifrar la naturaleza del peligro. Lo imaginó hablándole por teléfono con un silbido y haciéndole las preguntas que se hacía a sí mismo: ¿Se puede saber qué ha ocurrido? Había llegado de manera clandestina, se mantuvo lejos de cuantos frecuentó en el pasado, ¿dónde estaba el error? Era ridículo dudar de Valentina; le había hablado del motivo que lo había traído a Sicilia sin entrar en detalles, ¿o sí? Tampoco sospechaba de Bonavolontà; en estos instantes está acudiendo para ayudarnos, porque lo está haciendo, ¿no? Sintió un vacío en el estómago. La confianza en Gaspare se cifraba en que estuviera o no en la pensión cuando él llegara. ¿Quién más estaba al corriente?

El sol embistió el retrovisor de nuevo.

No más preguntas por el momento, sino soluciones para cuestiones urgentes. Cerca del Politeama, el tráfico estaba colapsado. Dobló por Via Dante, a la derecha, y condujo una veintena de metros sin inconvenientes; luego, a la izquierda, pero *Cazzo!*, se dio de bruces con un embotellamiento. Y unos segundos después tenía varios vehículos pegados a la trasera impidiéndole dar marcha atrás. ¿Qué hacer, qué? Aparcó malamente a la espalda de una iglesia, bloqueando la salida a dos coches estacionados como Dios manda. Se metió la Beretta en el cinturón, bajo la camisa, apretó el móvil en la diestra y dio un tirón a las llaves de contacto.

No estaba a más de diez minutos a pie.

Debía llegar a la pensión en la mitad de tiempo.

Se sumó al gentío en busca del estrecho horizonte de las aceras. Llamó la atención, por descontado. Estaban en agosto, en vacaciones, eran las cinco de la tarde, el sol todavía no daba señales de debilitamiento, todo se hacía con calma, ¿dónde iba ese loco a todo correr?

Tenía que alcanzar su meta en tres minutos, dos, uno.

Sonó el teléfono.

Están aquí, ¡y quieren entrar en la habitación!

Cualquier palabra de ánimo habría sido inútil.

Corrió por mitad de la calzada, con el corazón en la garganta, y llegó a la esquina entre Via Maqueda y Corso Vittorio Emanuele bañado en sudor. Se lanzó como un endemoniado hacia el callejón. El cartel, la entrada, la recepción vacía. La dueña había improvisado una huida precipitada: vio una revista tirada en el suelo, detrás del mostrador, cuando subía las escaleras. Se detuvo antes de coronarlas, aguantando la respiración para discernir a quién pertenecían las voces, a quién los gritos, a escasos metros delante de él. Se secó el sudor de la frente en la manga y el de los ojos en las manos. La Beretta había surgido entre sus dedos como por ensalmo.

Un pasillo pintado de celeste atravesaba la primera planta de un extremo a otro del edificio. Media docena de habitaciones miraba a otra media docena en la pared opuesta. Detrás de él se recortaba la ventana que daba al callejón; al fondo, había otra ventana simétrica, devorada por los rayos del sol. Y en medio, una puerta abierta y la figura de un tipo ancho de espaldas apoyado en el quicio. Alguien hablaba a su izquierda y Raven descendió varios escalones hasta desaparecer de la vista. Un cerrojo rezongó al descorrerse y salió a escena un hombre alto y desgarbado, pelo cano, vestido con unos pantaloncitos cortos, a quien el alboroto había arrancado de la siesta. Su silueta interrumpió el torrente de sol que fluía escaleras abajo.

—Pero, ¿se puede saber qué pasa aquí?

La mímica y el acento delataron su origen germánico.

El tipo apoyado en el quicio descolgó el antebrazo y se volvió hacia el turista diciéndole que no con el índice, no, no, no, como haría con un niño malo.

—Vuélvase al cuarto, míster.

—Pero, ¿a qué vienen esos chillidos?

—Está todo bajo control, míster. ¡Venga! Al cuarto.

El matón, no muy alto, con los brazos largos y recios de un gorila, le puso una mano grande en el hombro y acompañó al turista, de repente prudente, de repente receptivo, de regreso a la habitación. Virginia gritó de nuevo y el turista quiso volverse a mirar. El gorila volvió a decirle que no, que no, que no, contrariado.

—Mejor no meterse donde no te llaman, ¿no?

Raven saltó sobre el tipo cuando regresaba a su puesto. Le pasó el brazo izquierdo por el cuello y tiró del corpachón hacia atrás para que sintiera el cañón del arma en los riñones. El matón no se dio por aludido; le cogió el brazo y empezó a torcérselo sin más. Era más fuerte de cuanto Raven había calculado, se estaba librando de la tenaza con toda tranquilidad, de modo que apoyó la Beretta en un muslo y disparó. La detonación se escuchó atenuada, pero el hombre soltó un alarido capaz de arrancar ecos en la jungla; se llevó una mano a la herida y dejó el peso a disposición del atacante. Raven lo sujetó por el cuello y lo usó como escudo. En el marco de la puerta había aparecido un compinche:

—Antonio ¿qué...?

—¡Me ha disparado! ¡Me ha disparado! —balbucía el tal Antonio, perplejo—. ¡Gaetano! Este hijoputa me ha disparado, ¿no lo ves? Estoy perdiendo sangre.

Gaetano, de altura media, de hombros rocosos, con una mirada más lúcida que la del simio que tenía sujeto, se encaró con Raven:

—De modo que tú debes ser...

—¿Dónde están los chicos?

En la habitación se oían los sollozos de Virginia.

—No tienes ninguna oportunidad. Somos tres.

—Dos —corrigió Raven—. Antonio no está para bailes.

—Me ha pillado a traición, Gaetano, y me ha disparado. Este hijoputa me ha disparado...

Gaetano escrutaba más allá de su compañero:

—Aunque seamos dos, sigues estando en desventaja. Tenemos lo que quieres —dijo y quiso rascarse el pecho.

—Ni un movimiento —advirtió Raven—. Ni uno.

Gaetano detuvo la araña de los dedos y miró de reojo al interior del cuarto, hacia algo fuera del alcance del pistolero. El siguiente paso era impredecible. Gaetano llamó al tercer miembro de la cuadrilla: «Paolo, ya sabes lo que toca». A Virginia se le escapó un gemido. El de la puerta esbozó una sonrisa que heló la repentina aparición de

Bonavolontà, todo ruido y furia, y una escopeta de cañones recortados en ristre. Gaspare identificó rápidamente la diana: las bocas negras de la escopeta bostezaron ante el rostro contrariado de Gaetano.

—Aquí estoy, compadre —dijo—. ¡Perdona! El tráfico…

Raven empujó al gorila herido contra el otro. Antonio trastabilló gimoteando, apoyó una mano en el suelo para no caer de bruces y se agarró a las piernas de Gaetano, que lo sostuvo por los sobacos.

—Estoy perdiendo sangre, ¿lo ves? Este hijoputa…

—¡Cállate! *Cazzo!*

—Dile a Paolo que deje salir a los chicos.

—Si les hacéis daño —rumió Gaspare—, os freímos aquí mismo.

Gaetano se volvió hacia el invisible Paolo y ladeó la cabeza. Dentro del cuarto, Virginia llamó a Davide por su nombre y fue como si se hubiera agachado a socorrerlo. Se oía la respiración entrecortada del joven.

—El niñato se hizo el gallito.

Raven avanzó un paso: «¡Atrás! ¡Atrás!».

Gaetano retrocedió arrastrando a Antonio como un fardo.

Raven alcanzó a ver al tal Paolo, un tipo enjuto de rostro estúpido, los huesos de las mejillas pronunciados, la piel amarillenta: «No se te ocurra hacer ninguna tontería». Virginia estaba arrodillada junto a Davide; el chico, tirado en el suelo, se encogía en torno al dolor. Le habían dado un par de puñetazos. Bonavolontà, que encañonaba a Gaetano: Quietecito, ¿eh?, le dijo a Raven: «Debemos darnos prisa. Con este follón habrán avisado a la policía».

—¡Vamos! Tenemos que irnos.

Virginia ayudó a Davide a levantarse, recuperaron sus mochilas y salieron rápidamente pasando debajo de las armas alzadas de sus ángeles custodios. Bonavolontà les explicó que en la calle había un Golf azul, las puertas están abiertas, ¡deprisa!, la policía... Los dos jóvenes corrieron hacia las escaleras.

—Ve con ellos y esperadme.

Bonavolontà obedeció sin rechistar. Y de improviso fue como si no hubiera nadie más sobre la Tierra salvo ellos cuatro: Raven y los tres dragones. Cerró un ojo, como si afinara la puntería, y habló con más sequedad de cuanto se había propuesto:

—Y ahora unas palabritas, ¿para quién trabajáis?

—Sólo sé que se llama Torresan —respondió Gaetano.

—¿Qué teníais que hacer?

—Llevarnos a los dos mocosos. Nos dijo que había un guardaespaldas.

—¿Cuándo se puso en contacto con vosotros?

—Ayer por la tarde, a las siete... No, a las ocho.

—¿Dónde debíais llevarlos?

—Habíamos fijado un encuentro en la carretera de Trápani. Alguien pasaría a recogerlos entre las ocho de la tarde y las diez de esta noche. No sabemos nada más.

Miró de reojo a Paolo, todavía con los brazos en alto, y miró a Antonio, que se abstenía de lamentarse aunque contemplaba desconsolado la pernera enrojecida. Miró por último a Gaetano y adivinó qué pregunta quería hacerle.

—La policía está al caer y nos conviene desaparecer lo antes posible. Espero que no dejéis tirado a vuestro compañero.

Antonio dio un respingo:

—Gaetano, por tus muertos, no...

—Ayúdame, Paolo —gruñó el interpelado—. Y tú cállate o...

Raven aprovechó el descuido para escapar. Dejó atrás el pasillo, las escaleras, el vestíbulo. Corría, alerta los sentidos, atento a los detalles. Nadie salió en su busca, ninguna puerta se abrió, vio un desconchón en la pared y, tras el mostrador de la recepción, unos lápices caídos. De un manotazo se hizo con el registro de clientes.

Gaspare esperaba al volante, el motor encendido, el acelerador constreñido; los chicos se abrazaban en los asientos traseros. Cuando subía, Raven vislumbró el furor de las sirenas entre la bulla general. Un señor mofletudo supo relacionar la inminencia de la policía con aquel tipo que huía ocultando ¿qué? bajo el sobaco. El tipo apuntó un dedo acusador y buscó sostén en otros transeúntes.

—¡Sal de aquí!

Gaspare metió la escopeta bajo el asiento y se concentró en la conducción. En un viraje, el sol oculto en los espejos deslumbró a los ocupantes del vehículo. Luego, las calles, la ciudad, la distancia.

CAPÍTULO 10
SÁBADO NOCHE

Bonavolontà y Raven descendieron juntos. El primero abrió la cerradura del portón, lo empujó y regresó al Volkswagen; Raven tiró del portón cuando el vehículo estuvo dentro y la impertinencia del golpe hizo saltar a los chicos en el asiento, liberando el suspiro retenido a mitad de camino entre el pecho y los labios. Eran las seis y media de la tarde, pero fue necesario encender la luz y se impuso el tiempo sin matices de un lugar cerrado e iluminado artificialmente. Nadie había abierto la boca durante la huida.

Bonavolontà se fue derechamente a la nevera:

—¿Alguien quiere una cerveza?

Una propuesta absurda: ¿Una cerveza, ahora, después de lo ocurrido? Pues sí, una cerveza, nada mejor que una cerveza justo ahora, precisamente ahora, después de lo ocurrido. Raven intercambió un guiño con él delante del frigorífico. Con la lata en la mano volvió donde los chicos y se asomó por la ventanilla con los carrillos llenos. Virginia y Davide lo miraban atónitos.

—¿Quiénes eran esos… cabrones? —preguntó ella.

—Cabrones no, ¡dragones! ¿No lo has adivinado? Eran dragones y querían llevarse a la princesita a su guarida.

—No me hace gracia.

—A mí tampoco.

Raven le dijo al chico que saliera. Y Davide lo hizo con lentitud, abochornado por su condición de víctima, resuelto a no proferir una sola queja. Tuvo que apretar las mandíbulas para lograrlo. Raven puso la cerveza encima del coche y se sirvió de ambas manos para explorar la cara del chico. Un puñetazo le había despellejado una mejilla, otro le había roto el labio inferior, y la sangre ensuciaba una de esas camisetas chillonas que tanto le gustaban. Lo habían pateado en el suelo, con saña. Le tocó los brazos, las costillas: «¿Te duele aquí? ¿Y aquí?». El muchacho decía que no, que no, con entereza. «¿A ti te han hecho algo?». Virginia se oscureció y negó con la melena.

Bonavolontà acercó un botiquín a la chica.

—Venid, daos una ducha y cambiaos de ropa.

Recogieron las mochilas y siguieron a Raven al altillo. El pistolero recogió sus cosas de un manotazo, las metió de mala manera en la bolsa y dejó libre el cuarto: «Os quedaréis aquí esta noche, poneos cómodos», dijo. Virginia abrió el botiquín, cogió un bote de agua oxigenada y algodón, y le dijo a Davide: «Déjame que te vea».

Los dejó solos.

Bonavolontà acababa de esconder la escopeta detrás del armario de las herramientas. Raven cogió su cerveza y la terminó de un trago. Se sacó la pistola del cinturón y la apoyó en un banco, entre un destornillador y una llave inglesa. Abrió el grifo del lavadero y dejó el agua correr; se lavó el rostro con delectación, también los brazos, demorándose en la comunión con el agua. Nada como el agua fría cuando se ha sudado, habría dicho Amman. Bonavolontà le arrojó una toalla limpia. La satisfacción le henchía el pecho; el incidente le había permitido demostrarse algo escurridizo a sí mismo. Casi con jactancia, exclamó:

—La de tiempo que llevaba sin sacar la escopeta.

—¡Gracias! Por todo.

—No hay de qué, compadre. He hecho mi trabajo.

—Creo que te debo una explicación.

—Pues no te digo que no.

Empezó hablándole de Santoro: «*Porca buttana!* —exclamó Bonavolontà—. La hija de Matteo Santoro, ¡uno de los últimos mohicanos!» Nadie sabía nada de él desde hacía lustros; el rumor más extendido era que había muerto en el exilio. Raven le contó que la chica se había escapado con anterioridad, siempre por estas fechas, para visitar la tumba de la madre, añadió, y esto cambió el rictus de reproche de Gaspare: «¡Ah, por la madre!». Él estaba en Palermo para llevársela de vuelta a casa, nada más; nunca imaginó que habría habido problemas.

—Siempre hay problemas, compadre. Siempre.

—¿Conocías a alguno de esos tipos?

—No los he visto en mi puta vida. Aunque esto no es de extrañar; he estado al margen últimamente.

—Dijeron que trabajaban para Torresan. ¿Lo conoces?

—Ni idea —y meneaba la cabeza—, no sé de quién puede tratarse.

—¿Podrías informarte, discretamente?

—¿Ahora?

—Primero debo llamar al padre.

Miró el teléfono de la pared, se sacó el móvil del bolsillo, descartó ambos. «¿Dónde hay una cabina cerca?». El otro quiso saber por qué no llamaba desde allí. Raven le explicó que no quería que nadie, tirando del hilo, diera con la pista del taller. Alguien había cometido un desliz y, por culpa de éste, acababan de darles un buen susto. Si no bajaban la guardia, la aventura acabaría sin otros percances.

—¿Sospechas de alguien? —preguntó Bonavolontà.

Respondió que no y era cierto. «No abras la puerta a nadie que no sea yo», dijo, y salió a la calle. En la acera opuesta, bajo un zaguán, había una parejita haciéndose carantoñas. La mujer era joven y gorda; el hombre más gordo aún. Ella apoyaba sus brazos rollizos en los hombros anchos de él y él descansaba sus manazas en una cintura imposible de abarcar. Se daban besos y se decían miniaturas de cuanto sentían el uno por el otro. Aquella estampa aflojó su inquietud. Por la acera iban dos chicos puestos en pie en los pedales de sus bicicletas, dejándose llevar por la suave pendiente de la calle. Otra estampa tranquilizadora. Pasó un coche con la radio a un volumen que ponía a prueba la resistencia de los altavoces: un ritmo percuciente llenaba la tarde con un estribillo estúpido en torno a una chica a quien le gustaba la gasolina (!).

Quizás lo peor había pasado.

Halló un teléfono público y pasó de largo.

No tenía claro qué contarle a Santoro. Se acordó de la advertencia de Velasco: con Santoro era mejor no pelotear, le convenía no esconder nada, decirle toda la verdad en todo momento. Llegó a Plaza Borgo Vecchio. Al lado de unas cabinas telefónicas había un joven que utilizaba la moto como si fuera una hamaca; mejor aún, una mecedora: echado de espaldas sobre el sillín y el manillar, se balanceaba desafiando el aguante del armatoste. Escogió el teléfono más apartado.

¡Raven! Son las siete y media. Esperaba tu llamada hace dos horas.

Raven notó en Don Matteo una excitación poco propicia. Le pidió que escuchara y resumió lo sucedido.

Sabía que ocurría algo —comentó el otro con abatimiento. Frío. Maquinal. Demasiado frío. Demasiado maquinal—. *Este retraso tuyo me lo decía… ¿Dices que Virginia está bien, que no le han puesto la mano encima? ¿Puedo hablar con ella?*

—Don Matteo, ¿quién es Torresan?

Raven entrevió una turbación mínima.

Torresan, ¿por qué?

—A esos tipos los enviaba un tal Torresan. ¿Quién es?

No lo sé, no lo sé—Don Matteo hizo una pausa. Y respondió con un hastío teatral—. *Una nueva vedette, ¡quién sabe! Te hablé de ello, están entrando y saliendo continuamente como si fueran estrellas de cine. Investigaré, no gastes cuidado. Pero no te extrañe que sea un debutante... O un nombre falso. Igual es un nombre falso.*

—Hay otra cosa, la más importante.

¿El chico? ¿Le han hecho algo al chico?

Esta interrupción pilló desprevenido a Raven.

—No se trata de él. Le estoy hablando de algo más grave: ¿Cómo supieron que Virginia estaba aquí?

¿Qué quieres decir?

—Con usted hay que ir con la verdad por delante, ¿no?

Tú lo has dicho.

—Pues bien, me temo que alguien lo ha traicionado.

Silencio. Y al final del silencio, una palabra: Imposible.

—Por favor, escúcheme. Esos tipos actuaron en el instante en que yo le avisé. Su hija llegó el jueves por la noche, ¿por qué no dieron con ella antes? Si iban en su busca, si seguían un rastro distinto, ¿por qué no la encontraron antes?

Quieres decir que tú los has atraído sobre ella.

—En absoluto, ¿no se da cuenta? Llegué a Palermo con la información que usted me dio: la dirección de las pensiones, la certeza de que visitaría el cementerio... De mí nadie ha sabido nada. ¡Lo han sabido al llamarle yo!

¿Te has dejado ver?

—No, ¡no! Esos matones conocían mi existencia, no quién soy. Sabían que la chica tenía un guardaespaldas, no que fuera yo. O sea, estaban sobre aviso. Virginia dice haberlos visto anoche, cerca de la pensión. No podría asegurarlo, pero sospecho que pensaban secuestrarla en el cementerio. Me adelanté, quizás por casualidad, no lo sé.

Me presenté a Virginia y se vino conmigo en el coche. Ella vio cómo llegaban al cementerio cuando nos íbamos. Si debían entregarla esta noche y perdieron su oportunidad esta mañana, han acabado actuando a la desesperada. Las cosas encajan. Empezaron a moverse ayer, después de mi llamada. Quizás tenga el teléfono pinchado.

Santoro soltó una risita satisfecha:

Ten por seguro que no.

—No hablo de la policía; la policía no tiene nada que ver. Estoy hablándole de un colaborador, alguien cercano. No es ningún disparate. Han sabido qué pasaba con Virginia y han improvisado el secuestro.

Pudiera ser. No es descabellado, en absoluto… En fin, estamos perdiendo un tiempo precioso. Averiguaré quién es Torresan o si hay alguna manzana podrida en el cesto. ¿Me aseguras que no te has dejado ver?

—Sólo una persona sabe que estoy en Palermo y ha demostrado ser de confianza. Se ha jugado el pescuezo por ayudar a su hija.

De todos modos, no te fíes nunca de nadie. Tú me acabas de dar este consejo, ¡aplícatelo también tú! ¿Cómo puedo ponerme en contacto contigo? Me gustaría hablar con mi hija.

—Permítame que sea yo quien llame. Por el bien de Virginia, creo que es mejor que nadie sepa dónde se esconde, al menos de momento. Son las siete y media. Lo llamaré pasadas las diez.

¿No crees estar exagerando? —dijo Santoro sin convicción—. *En cuanto al moscardón, ya sabes, ese Davide Gentile, procura que no le pase nada, ¿eh? Resérvamelo para mí, ¿eh?*

Raven colgó el teléfono sin miramientos. Don Matteo parecía no percatarse de cuál era el problema; le preocupaba más el chico que los tres matarifes. Comprobó el crédito de la tarjeta; bastante para hacer una llamada veloz. Velasco respondió de inmediato, según su costumbre. Le dijo: «Velasco, soy yo», e hizo un resumen aún más drástico de los hechos.

—¿Quién es Torresan?

No he oído ese nombre en mi vida.

—Averígualo. Quiero saber con quién tengo que vérmelas. Quiero saber si es un diletante o no; si es de quienes abandona ante el primer obstáculo o, en cambio, no se da por vencido hasta el final. Te llamaré hacia las diez y media.

Raven compró un par de tarjetas telefónicas en un bar. La luz disminuía, los colores perdían intensidad, la tarde no refrescaba. Necesitaba una ducha y cerrar los ojos unos minutos; la noche anterior no había dormido bien. Llamó con los nudillos al portón. Escuchó el movimiento de un cuerpo acercándose y cuando lo supo cerca, susurró: «Soy Raven». Se entreabrió la portezuela y encontró el rostro desconfiado de Gaspare. Por el ademán, temió que hubiera ocurrido algo:

—¿Y los chicos?

—Arriba, en el cuarto —respondió molesto. Cuando cerró la puerta se relajó—: ¿Qué has averiguado?

—Nadie conoce a Torresan.

—Yo he estado pensando, compadre. Me dijiste que si conocía a esos mamarrachos, te contesté que no, pero me he dicho, ¿y si ellos saben quién soy yo, eh? Podría suceder, ¿no? Que alguno de ellos me conociera.

Raven no habían evaluado este punto. Hizo cálculos: habían pasado casi dos horas desde el tropiezo; si lo hubieran identificado, habían tenido tiempo de sobra para una nueva treta. Si debían entregar a la chica esa misma noche, no habrían dejado pasar un tiempo precioso. Lo más probable es que tampoco ellos conocieran a Gaspare; no obstante, cabía la posibilidad de que dieran con él, con ellos, de alguna forma. No debían bajar la guardia.

—Tendría que ir a recoger el Fiat, ¿dónde está?

¡El coche! Lo había olvidado por completo. Le explicó dónde lo había aparcado y le dio, tras buscarlas en el bolsillo, las llaves del vehículo.

—Trae algo para cenar cuando regreses.

Lo acompañó hasta la entrada y, antes de cerrar la puerta, descubrió en Gaspare un guiño de astucia. ¿Era sensato dejarlo ir?... Apartó la idea del pensamiento. No tenía sentido desconfiar de él; se había jugado el pellejo apenas unas horas antes, ¿no le había dicho esto a Santoro? Cuanto más pensaba en ello, más claro lo veía; el disparadero estaba en otra parte. La orden se había dado a última hora del viernes. Y fue directa. Tocaba a Santoro averiguar cómo se había filtrado la noticia. Los chicos podían haberlo pasado francamente mal. Subió a hablar con ellos. Davide estaba en el baño: se oía el rumor del agua contra la cortinilla de plástico. Virginia estaba de rodillas a los pies de la cama, curioseando en las cosas de Bonavolontà.

Alzó una cinta de vídeo con indignación:

—Tu amigo no es precisamente un intelectual. ¡Mira! Esta película la tiene repetida: *Las doce hazañas eróticas de Hércules.*

—Quizás tenga unos gustos cinematográficos algo limitados pero, como has podido comprobar, puede contarse con él —en el instante de defenderlo ante la jovencita, se reforzó la confianza en Gaspare—. He hablado con tu padre.

¡Oh!, exclamó ella, y se sentó en el borde de la cama, mirando al exterior, al patio, a la ciudad más allá de las tapias. El horizonte le impidió escapar más lejos.

—¿No quieres saber de qué hemos hablado?

—¿No me lo vas a contar?

—Intenta no comportarte como una niñata, ¿de acuerdo?

Se sabía crispado y la crispación asustó a la chica.

El agua dejó de correr y Davide preguntó si sucedía algo.

—¡Han estado a punto de secuestrarnos! Es... Es...

—¿Conoces a un tal Torresan?

—No, ¿debería conocerlo?

—La orden de secuestro ha partido de él.

—Un enemigo de papá, ¿no?

—Tu padre dice que jamás ha oído hablar de él. He preguntado a otras personas y la respuesta es la misma. Si supiera de quién se trata podría calcular cuánto es su interés o cuánta su potencia. Quizás sólo se trate de un aficionado; si fuera así, podemos estar tranquilos. O quizás no. Quizás detrás de este nombre se oculte alguien con mucha fuerza, y entonces habría que tomar mayores precauciones. Es bueno saber con quién tienes que vértelas.

Davide apareció en la puerta del baño con una toalla enrollada a la cintura y repitió la pregunta anterior: ¿Sucede algo?

—Nada, ¡tranquilo! —contestó Virginia, con una ternura nueva.

La puerta se cerró y volvió a escucharse el agua correr.

Virginia y Raven se miraron: era inútil insistir.

—Bien —concluyó—, si no hay otro contratiempo, y crucemos los dedos para que sea así, pasaremos la noche aquí y volveremos a Roma por la mañana.

—¿Aquí estamos seguros?

—No te preocupes, montaremos guardia.

Bajó al taller. El sudor se le estaba secando encima, necesitaba una ducha y no sabía cuándo podría dársela, de modo que se desnudó de cintura para arriba y se lavó el pecho y los sobacos en el lavadero. ¿Dónde había puesto la toalla? Sacó de su bolsa una camisa limpia y cogió otra cerveza de la nevera, recuperó la Beretta del banco de herramientas y se sentó dentro del coche, con la pistola y la lata en el regazo. Abrió con apatía el registro de la pensión; los únicos clientes, además de los chicos, era un matrimonio alemán. Confiaba en que la dueña tuviera suficiente sentido común y una adecuada mala memoria. Apoyó la nuca en el respaldo. Los músculos se relajaron y, durante un segundo, puso un pie en el interior del sueño. Se sobresaltó al sentirse dormido y comprobó la hora: casi las ocho y media.

Acabó la cerveza y la puso sobre el salpicadero. Repasó la pistola. Estaba preparada para morder, ¡ojalá no tuviera que hacer uso de ella! Conectó la radio. Desechó debates concienzudos, partes meteorológicos, consignas publicitarias, bullicios ritmados y detuvo el dial en un concierto para piano. Ignoraba de quién era la música, le bastaba con que lo serenase. ¡Torresan! En los siguientes minutos repitió el nombre una vez tras otra; no se lo quitaría de la cabeza hasta desenmascararlo.

A esta hora, ya sabría que su plan había fracasado.

Valentina… Se acordó de Valentina.

Se estaba tranquilizando. Sólo el descanso habría permitido que ella ocupase una esquina en la pantalla del cerebro. Encima de la nevera había una guía telefónica. Salió, volvió con ella al coche y dejó la pistola en el asiento de al lado. Buscó «Corso». Había varios usuarios con tal apellido, pero sólo una «Valentina». El dedo no abandonó el punto en la página. ¿Merecía la pena? No podrían verse ni esa noche ni al día siguiente, y pasaría tiempo antes de que él volviera a Sicilia. Con la guía en las manos se acercó al teléfono: la chica sonriente y el culo sandía lo observaban. De haberla llamado, se le habría ocurrido algo, pero llegó Bonavolontà, abrió la puerta con estruendo y entró sudoroso. Raven recordó que había dejado la Beretta en el vehículo; Gaspare podía alcanzarla antes que él. Se notaba tenso. El otro traía una bolsa de plástico en la mano.

—He comprado unos bocadillos en el bar. Y refrescos.

Raven puso la guía sobre la nevera, apagó la radio: ¿Y el coche?

—Se lo ha llevado la grúa, compadre. Pasaré a recogerlo el lunes… *'Un t'apprecari, nun successi nenti.* Cada día se llevan docenas de coches mal aparcados.

—Le di un golpe a un taxi.

—*Porca buttana!* ¿Le hiciste mucho? Al Fiat, me refiero.

—No me detuve a mirarlo, lo siento.

—¿Y el taxista? ¿Llegó a ver la matrícula?

—Creo que no. Pero no podría jurarlo.

—*Minchia!* Veremos cómo acaba esto —rehusaba pensar en ello—. Ahora hay cosas más importantes, ¿no?

—Le pasaré a Santoro la factura con los gastos.

—Pues no se hable más. En cuanto a los tres mosqueteros, nada. He hablado con un colega que es una enciclopedia viviente sobre estos temas, y nada. Me parece que no son de Palermo. Torresan al menos no es de Palermo.

Bonavolontà había abierto la mesa plegable y sacó de la bolsa varios bocadillos: «No sé a ti, a mí el jaleo me abre el apetito». Con un primer mordisco en la boca, miró hacia el altillo y perdió el aire risueño: «Esa niña está curioseando en mis cosas, compadre; las va a mezclar y luego no sabré dónde están». Raven recuperó la Beretta y el registro de la pensión. Ocultó el arma bajo la camisa y tiró el registro a un cubo de basura.

—Imagino que antes o después querrán comer algo. Déjalos tranquilos. Son las ocho y media y debo hacer varias llamadas. Volveré en un par de horas.

—¿Un par de horas para llamar por teléfono?

—Me acercaré a la pensión.

—No te dejes ver demasiado y regresa cuanto antes. Yo no tengo buena mano con los críos y si esa marisabidilla me rompe algo…

Bonavolontà lo acompañó hasta la entrada dando cuenta del bocadillo; ahora sostenía la puerta abierta con la mano libre. Raven le dio un ligero golpe en el hombro en señal de amistad.

El sol había traspuesto y el aire se iba granulando con un gris apagado, pero seguía haciendo calor; las sombras venían sin brisa que las acompañase. No se presentaba una noche propicia para el reposo y esto, y ser sábado, y estar en agosto, lanzaba a la gente a las calles. Raven llegó a Via Roma para sumarse al caudal humano; un gentío relajado, desenfadado, chapoteando en cháncharas en las que percutía el glosario ortodoxo del verano: playa, arena, olas, risas, calor, frescor, discoteca, fiesta, diversión, etc. Fingía ir a la buena de Dios, pero fue cubriendo etapas inexorablemente: Gran Hotel delle Palme, encrucijada con Via Cavour, Palazzo delle Poste…

Se detuvo al escuchar estropicio. Los transeúntes venían a su encuentro, la cabeza girada hacia atrás, comentando: ¿Has visto ésos? Unas niñas iban sacudiendo los dedos de las manos para aligerar el peso de la sorpresa: ¡Qué cabreo! Cerca del Teatro Biondo descubrió el porqué del revuelo. Una escena local políticamente correcta: una mujer daba voces a un hombre. Había un teléfono móvil roto entre ambos. Ella crecía conforme alzaba la voz; él menguaba, pero mantenía una intrigante actitud: las rodillas plegadas como para subrayar su pequeñez. Un temor: quien se arrodilla acabará teniendo la tentación de alzarse. Raven se alejó antes de que la estampa deviniera políticamente incorrecta. Le traía sin cuidado la suerte conyugal de la pareja, pero la bulla atraería la atención.

En Corso Vittorio Emanuele aminoró la velocidad.

Ahora calma, no precipitarse, no hacerse notar.

Había un coche delante del callejón: un taxi. Por la puerta de la pensión apareció el turista que quiso mediar en la trifulca; llevaba una maleta en cada mano, que metió en el maletero del taxi con fastidio. Se diría que hubiera agotado su paciencia. Detrás venía una mujer muy alta y muy rubia, de piel enrojecida, muy alemana, hablando con un policía; el agente iba tomando nota de sus declaraciones. Raven tropezó con el tipo mofletudo de tres horas antes, el que se fijó en él cuando escapaban, uno de esos sujetos que suelen meterse donde no los llaman.

—¡Mire por donde va, hombre!

No lo había reconocido.

Cuando habló con Don Matteo, éste confesó estar como al principio: no sabía quién era Torresan, pero añadió solemnemente haberse tomado en serio su sospecha: si había un traidor lo descubriría antes de la salida del sol —hubo un acorde melodramático en esta sentencia—, y Raven imaginó los dedos de Santoro hurgando en el frutero, clavando las uñas en las manzanas putrefactas y extrayendo el gusanillo infecto, que se removía nervioso.

Tampoco Velasco pudo añadir más a la perplejidad inicial:

Si es un pez gordo, Torresan es un nombre falso; si es su nombre verdadero, es un don nadie.

—Que sea un don nadie no significa que sea inofensivo.

Desde luego, mi consejo es que no bajes la guardia hasta no estar en Roma. ¿Necesitas apoyo?

—Con Bonavolontà me basta. Pero curémonos en salud: si Santoro te llama, no le digas nada.

Ya lo ha hecho. Y no le he dicho nada.

Volvió al taller pisando el alma de una noche envilecida por el calor, una noche enigma que aún podía desenterrar sorpresas desagradables. Sólo cuando cerró la puerta del taller y tropezó con el rostro aburrido de Gaspare recobró la calma. Con un poco de suerte, la historia acabaría sin mayores consecuencias. «¿No han bajado a comer?», preguntó mirando al altillo. Gaspare se mostró poco entusiasta:

—Ha bajado ella, ha cogido dos bocadillos y dos refrescos, y ha vuelto al nido. No ha abierto la boca. Ni para dar las gracias ni para decirme ahí te pudras.

—No le gusta tu videoteca.

Bonavolontà no entendió el sarcasmo.

—En eso se nota su alta cuna, ¿no? En la manera de despreciar, digo. Te miran y no te ven; y si te ven, les das asquito. El chico es igual que ella, ¿eh? *Si unciru l'ogghiu fitusu ca paredda spunnata.* Y tú, ¿alguna novedad?

—Ninguna. Los matones escaparon antes de que llegara la policía. No he visto mucho alboroto en la pensión y no creo que la cosa trascienda. Podía habernos ido mal, ¿te das cuenta? El ayuntamiento está a un paso. En cuanto a Torresan, nadie sabe nada.

—¿Ni siquiera Velasco?

—Ni siquiera Velasco.

Raven desnudó un bocadillo del velo de celofán y curioseó en su interior. «Salchichón», anunció Gaspare. «Pues salchichón», respondió él, y abrió una lata de cerveza. El otro lo imitó y se sentaron a cada lado de la mesa. Hubo unos instantes de quietud que a Raven le parecieron preciosos. A Gaspare no le gustaron tanto. Carraspeó inquieto y dijo en tono confidencial:

—No me respondas si no quieres, ¿eh? —otro carraspeo—. Desde que nos conocemos he querido hacerte una pregunta. A lo mejor te la he hecho, no sé.

Una perla de silencio antes de continuar.

—¿De dónde coño eres? Tienes pasaporte español, pero sabemos que no vienes de España… Maltese, ¿te acuerdas de él? Pues bien, Maltese decía que eres de Israel, que naciste en Jerusalén, y pudiera ser verdad, ¿no? Hablas muy bien inglés y, según tengo entendido, los españoles no tienen ni puñetera idea de inglés. Más tarde encontré a otro que decía conocerte, no me acuerdo del nombre, un tipo así con la nariz aplastada así, y hablaba de más lejos. De más antiguo, decía. De Egipto. Me prometí que te lo preguntaría si volvíamos a vernos. Y nada, ¡lo hecho, hecho está! Si no quieres responder, no respondas.

Raven invitó a Gaspare a que desistiera:

—Imagínate que no pudiera responder.

—¡Oh! *Porca troia!* Que no puedes responder. No me toques los *cabbasisi,* ¡eso puede responderlo cualquiera! —Gaspare se desahogó en una risotada—. ¡Que no te estoy preguntando el nombre de tus padres, joder! Sólo de dónde vienes. Que no sepas en dónde iremos a parar, vale, pero de dónde venimos… Eso lo sabemos todos.

—Y sin embargo, no es así.

—De acuerdo, compadre. Capto la indirecta, no insisto —dijo sin rencor, como si hubiera esperado esta conclusión. Gaspare puso punto final al diálogo bebiéndose la cerveza de un tirón y estrujando la lata entre sus manazas.

Raven había hecho un ovillo con el celofán vacío.

—¿Un café? —propuso Bonavolontà.

—¡Un café! Haré una visita a los tortolitos.

Subió las escaleras haciendo mucho ruido adrede. Llamó a la puerta y Virginia respondió que adelante. Habían encendido el ventilador y abierto la ventana: en el rectángulo, un recorte poco distinguido de una noche anodina. Habían comido sobre la cama y llenado de migas las sábanas. Ella estaba sentada con el bolso en las manos, hosca; él había recuperado el mohín desafiante.

—¿Cómo estás? —le preguntó al chico.

—Mejor —respondió con sequedad.

—¿Has hablado con mi padre? —intervino Virginia.

—Sí. Y no sabe decirme quién ha intentado secuestrarte ni cómo han descubierto que estabas en Palermo.

—¿Le has dicho que Davide está conmigo?

Raven valoró la posibilidad de la mentira.

—Se lo he dicho.

—¿Y qué ha contestado?

—Sabes perfectamente qué ha contestado.

Davide, que miraba a Raven con fijeza, pasó a interrogar la nuca de ella. Virginia bajó la cabeza y el cabello negro socorrió su mudez cubriéndole el rostro. El cuadro invitaba a la compasión; sin embargo, la obstinada arrogancia de la chica saboteaba los impulsos más piadosos.

—Siguen sin gustarme los tipos como tú.

—Descansad todo lo que podáis. Os hará bien.

Abajo, el café lo ayudó a serenarse. Bonavolontà no abrió la boca durante un rato y también esto contribuyó al sosiego; necesitaba del silencio cada vez más. Pero se equivocaba respecto a su compañero. La adrenalina aún le recorría el cuerpo y había acentuado su temeridad. Después de aquel paréntesis engañoso, Gaspare chasqueó la lengua: «Ya sabes; si no quieres, no contestes», y sonrió exageradamente para quitarle hierro al asunto.

—¿Es verdad que te cargaste a Tancredi? Dicen que lo hiciste tú. A mí Tancredi me ponía enfermo, así que…

—¡Por favor!

—De acuerdo, compadre, perdona. No quiero meterme donde no me llaman.

Bonavolontà pareció entender que se había excedido.

—¿Cómo nos repartimos la noche?

—Necesito dormir un poco. Haz tú la primera guardia.

Comprobó la hora: las once y media. Le pidió a Bonavolontà que lo llamara cuatro horas más tarde y se metió en el Volkswagen. Puso la pistola y el móvil al alcance de la mano. Bajó las ventanillas, echó atrás el asiento y, en el preciso instante de tumbarse, el mundo comenzó a confundírsele. Hacía calor, pero el agotamiento pudo más y no tardó en quedarse dormido.

CAPÍTULO 11
UNA NUBE DE HUMO

Al saberse dormido, dio un respingo. No reconoció el cuarto al instante. En la mesita de noche, el despertador señalaba las cinco pasadas; el sueño lo había vencido apenas veinte minutos. Quien sí dormía con respiro hondo era Rachele; el cuerpo de la mujer formaba un horizonte susurrante al otro lado de la cama.

Pasar la noche con ella formaba parte del plan.

Estuvieron en el cine; fueron a ver una película tontorrona sobre un ricachón que se enamora de una prostituta con un corazón grande, una boca grande y una sonrisa todavía más grande. A Rachele le entusiasmó. Cenaron en un asador en Corso Calatafimi. Se trataba de dejarse ver, sin exhibirse; había que decirle a los mil ojos alertas de Palermo que era una noche como otra cualquiera. Y Rachele lo aceptaba sin hacer las preguntas que otras harían en su lugar. Era uno de los aspectos más agradecidos de su persona: conjugaba el tiempo en presente —como sentencia el refrán— sin dejar para mañana lo que pudiera vivir hoy. Tenía un buen trabajo de dependienta y ningún proyecto de futuro, ningún mito del pasado, ninguna pretensión. Tenía un tiempo suyo y lo compartía con quien le venía en gana. Nadie a quien rendir cuentas; nadie que se las rindiese.

¿Cómo se habían conocido Rachele y él?

Dio un nuevo respingo; esta vez, abrió los ojos para enfrentarse a la luz mortecina del taller de Gaspare Bonavolontà, aplastada contra el parabrisas del Volkswagen como una polilla gigantesca. Había un mosquito en órbita alrededor de su cabeza; escuchaba el zumbido.

—Estoy soñando —musitó—, sólo es un sueño.

Pero memoria y sueño nacen del mismo manantial.

—¿A dónde vas a estas horas? —preguntó Rachele mientras él recuperaba a tientas la ropa del respaldo de una silla. La mujer había sacado el brazo de debajo de las sábanas y lo había extendido a lo largo del colchón deshabitado. Allí se quedó inerte—. Pensaba que desayunaríamos juntos.

Miró la mano de Rachele; una paloma exangüe sin fuerza para el último aletazo. Se acercó, le tomó los dedos dormidos, los besó. No reaccionaron.

—Te llamaré mañana —susurró.

Ignoraba si habría un mañana.

Abandonó el dormitorio en penumbra y se metió en el pozo negro del pasillo. En el vestíbulo había un aparador en la pared derecha; se desplazó con lentitud hasta tocarlo. Acto seguido, dio dos pasos a un lado y con la mano izquierda alcanzó la puerta de entrada. El cerrojo sonó con estruendo de despropósito y sus pisadas retumbaron de manera exagerada en el hueco de la escalera. Era la única persona despierta en el edificio y en la calle sucesiva, no en el barrio.

En la plazoleta donde había aparcado descubrió tres jóvenes noctámbulos en un banco, aquietados por un sopor comprensible. Liviano. Nada más verlo, sin intercambiar palabra, se pusieron de pie y fueron en su busca con una desenvoltura falsa, una alegría falsa y unas sonrisas más falsas aún; uno de ellos iba sacudiéndose briznas inconvenientes de la pernera, otro mirando si había moros en la costa. «¿Tienes fuego, amigo?», preguntó el tercero, la voz distorsionada por la chulería y los efluvios dialectales, mientras sus compañeros se distanciaban un par de metros a cada lado, formando una tenaza. Ninguno tenía ningún cigarrillo a la vista.

El de antes repitió la pregunta: ¿Tienes fuego?

Raven sacó del bolsillo un paquete de tabaco sin hacer ningún movimiento equívoco y le ofreció un cigarrillo al que había hablado. Necesitaba unos segundos.

—Estoy con Salinari, ¿lo sabéis?

Y extrajo despacio un segundo pitillo para el joven de la derecha.

—*Minchia!* —exclamó el primero.

Raven ofreció otro cigarro al joven de la izquierda y pasó el encendedor de rostro en rostro. Las caras se anaranjaban por efecto de la llama y las bocas daban fuertes caladas, despiertos de repente los deseos de fumar.

—Sois unos trasnochadores.

—Eres el extranjero, ¿no? —dijo el único de los tres dotado del don de la palabra. Había perdido la chulería y los matices dialectales. La flema devenía impaciencia—. Perdona, no te habíamos reconocido.

—Perdonaros, ¿por qué? Sólo me habéis pedido un cigarro.

—Entonces, gracias, gracias, gracias —contestó el jovenzuelo, moviendo servilmente la cabeza de arriba abajo y apuntando ya los modos de la huida. Como un compañero no se movía, gruñó—: *Non fare lo stronzo! Non sai chi è?* Es el egipcio que está con Salinari, ¡vamos!

Cuando estuvo junto al coche, de los chicos no quedaba ni rastro. Abrió la portezuela con fingida desgana; la guantera, con disimulo. Vacía. Tenía que haber un arma en alguna parte. Buscó debajo del asiento. La encontró: un reptil sumiso, acumulando pacientemente veneno en el mecanismo implacable de sus colmillos. Sus ojos en el retrovisor le dijeron que ya no podía echarse atrás.

Respondió que sí al reflejo: De acuerdo.

En una esquina del cielo, un manchón gris deslucía el vestido de la noche, y el pistolero aceleró. Salió de la ciudad por Via Ernesto Basile. En el carril de acceso a la circunvalación cedió el paso a un vehículo, que adelantó medio minuto después de incorporarse a la carretera. No había tráfico apenas. Palermo y la noche fueron quedándose atrás. Al abandonar la circunvalación, los faros hallaron menor oposición en las sombras. Según penetraba en la montaña, el trazado del asfalto era más intrincado, crecía la promiscuidad de la maleza y disminuían las edificaciones. Aumentó la humedad del aire y la sensación de soledad. Habría podido hacer el recorrido con los ojos cerrados. Sólo había pasado una vez por allí, pero ya entonces supo que debía memorizarlo por si un día lo necesitaba.

En cierta encrucijada se decantó por un camino de cabras. Le habría costado maniobrar en caso de necesidad, de modo que detuvo el vehículo, retrocedió y volvió a entrar en el sendero marcha atrás, sin acelerar. Si tocaba huir, tenía la vía de escape franca. Apagó el motor y bajó el cristal de la ventanilla. ¿Habrían advertido su presencia? Descendió con sumo cuidado, el arma ya dispuesta. En torno a él, el fragor, el fulgor incluso, de un bosque sin alimañas. Se apartó unos metros esperando un golpe repentino y fatal. ¿Por dónde? Abandonó el sendero y se introdujo en la espesura.

Tras caminar unos diez minutos, entrevió el tejado de una casa por encima del colchón de pinos. Estaba protegida por una tapia de dos metros de altura; en las bardas, habían colocado botellas rotas que hacían incómodo, no impracticable, saltar al interior. Prestó atención: nadie al otro lado. El guarda con los perros estaría en la entrada de la finca, en la caseta, escabulléndose del relente. Arrojó la cazadora sobre las bardas y trepó evitando los crespones más afilados. Se dejó caer del lado opuesto poco a poco. A pesar de la precaución, se hizo un corte en el brazo; pero no tenía tiempo para lamerse la herida. Sin pensárselo dos veces —unos pocos segundos podían ser decisivos—, corrió hacia la casa.

No había recorrido la mitad del trecho cuando, tras una esquina, aparecieron los volúmenes veloces de dos perros descomunales, más preocupados en darle alcance que en ladrar, dos monstruos de ojos negros como escarabajos, inyectados en pez y en sangre. Le dijeron que habría una ventana abierta en la planta baja; lo estaba. Tuvo el tiempo justo de colarse dentro y empujar el postigo contra unas fauces de aliento agrio. La voz del guarda acudía donde los canes, que rezongaban girando sobre sí mismos; la decepción avivaba su cólera y los azuzaba contra la ventana en un frenesí desquiciado.

En la planta alta se inició un galope violento, roto en redoble descompasado escaleras abajo. Conocía lo bastante al Pelirrojo para imaginarlo ofuscado por la ira, más animal que los animales de fuera, mascullando improperios y consiguiendo sólo gañidos. Pero no le tocaba enfrentarse a él; no de inmediato. Sintió abrirse la puerta principal y una brisa irrumpir en las habitaciones propicias. El Pelirrojo se dirigía hacia los gritos y no tardaría en darse cuenta del error. No había tiempo que perder. Cruzó un salón en sombras, arropado por un inmenso mueble bar. Entró en la cocina y junto a un aparador desveló el acceso a una escalera de servicio.

Subió a la planta superior en cuatro zancadas.

Afuera, el Pelirrojo había tropezado con el guarda y comprendido la situación. El enemigo estaba en la casa, arriba, al lado de Tancredi, a su espalda, y el hombretón regresaba sobre sus pasos como alma que se disputaran mil diablos, gritando el nombre del amo como el de un hijo. (Raven tenía una bala reservada para él). Tancredi fue lento de reflejos, en todos los sentidos. Miraba por una ventana apartando las cortinas con el cañón de un revólver, un apéndice inútil en sus manos. Estaba en pijama y no lo oyó llegar. El pistolero le dijo:

—No me digas que no me esperabas.

Y despertó. Y reconoció el vientre estéril del Volkswagen, el presente. Y decidió mantenerse despierto el tiempo suficiente como para olvidar el camino de regreso a esos paisajes del ayer. Se acomodó en el asiento, entontecido por el sueño, el recuerdo y un sudor pertinaces. La nube de humo no acababa de disiparse y se movía con dificultad entre las vaharadas; le llegaban las emanaciones de la madera quemada en la recordación: sintió el olor recio, poderoso del incienso, sintió el olor sutil, persistente del olivo, y el jaleo de las calles de Jerusalén y el romper de olas en mil costas distintas del Mediterráneo. El humo que cegaba la noche de hoy abría trochas hacia el mar, las gaviotas, el puerto... La memoria se copió a sí misma sin recato y la aurora que presenció la muerte de Tancredi iluminó la mañana, tiempo después, que vería el final de Salinari.

Quien a hierro mata a hierro debería morir, ¿no dicen eso?

Salinari fue víctima de su condición de malvado shakesperiano que jamás ha leído a Shakespeare. Había decidido hacer borrón y cuenta nueva con unos antiguos socios en el contrabando de armas: el holandés Croningen y el español Barahona. Nunca imaginó que el demonio de la traición también había tentado a los demás, y Raven se encontraba al alcance y a disposición. En pocos días urdió una trampa múltiple que lo llevó de París a Zúrich, una ciudad que detestaba, y de allí en tren a Milán para borrar su pista, y luego en avión hasta Palermo. Llegó exhausto a la cita e indiferente al cansancio. No cedería al agotamiento o al asco; aguantaría la náusea.

Cuando acabara, vomitaría la hiel retenida.

Un cielo ocre y una atmósfera pegajosa cubrían Palermo. Una atmósfera pegajosa y melancólica, así lo recordaba. En el aire, suciedad y tristeza; en las calles, bulla y tedio; en el puerto, soledad y muerte.

Raven nunca confió en Salinari pero, por una de esas arbitrariedades del azar, el capo siempre confió en él. Demasiado satisfecho con su presunta imagen de padre, Salinari tampoco había oído hablar de Edipo. Salinari era un personaje trágico, ignorante de las convenciones de la tragedia. Aquella mañana, en un auténtico golpe de suerte, les pidió a sus guardaespaldas que los dejaran solos; darían un paseo. Escogieron cierto muelle de descarga porque no había nadie en cien metros a la redonda.

Aquello simplificó las cosas.

Con voz afectada, sin disimular el inmenso placer que sentía oyéndose a sí mismo, Salinari le soltó la última lección aprendida. Su última lección:

—Sociedad del bienestar, ¿quieres saber qué significa sociedad del bienestar? Te lo digo yo. Piensa en una ciudad como la nuestra, piensa en Palermo, con un millón de almas tiradas por sus calles. Cada año se firman cincuenta, cien, doscientas sentencias de muerte. Sentencias en blanco, ¿eh? El verdugo añade el nombre cuando ha rebanado el pescuezo a la víctima. ¿En qué consiste la sociedad del bienestar? En ser tú quien firma esas sentencias. Las maneras se han sofisticado, ahora todo cristiano tiene coche, televisión, aire acondicionado en casa, pero siempre habrá un arriba y un abajo, siempre habrá quienes ordenen y quienes obedezcan. Bienestar es pertenecer al grupo de los primeros. Eso es bienestar.

Hablaba con la arrogancia de quien siempre es escuchado. Salinari quiso justificar esa estrategia suya de abandonar el campo de batalla degollando a los últimos supervivientes: Croningen, Barahona... El maestro le estaba diciendo a su presunto discípulo que no quedaban otras alternativas sin percatarse de su verdadero papel en la trama. La misma lógica que explicaba esas cincuenta, cien, doscientas sentencias ajenas estaba cobrándole sus últimos minutos.

—La guillotina no hace distingos y quizás mañana caiga en el cesto la cabeza de quien ayer hacía bajar la cuchilla. Esto debe ser tranquilizador para algunos, ¿no?

—Y una advertencia para todos —respondió Raven.

—Y una advertencia para todos, eso es —convino Salinari, y miró al horizonte, al mar, atento a la indignación de las alturas—. ¿Sabes? Me han dicho que el siroco enloquece a las gaviotas. No sé si depende de la dirección del viento o de la temperatura, pero hay un momento en que las he visto lanzarse contra los cascos de los barcos y, ¡plaf!, mueren reventadas. ¡Vete a saber qué se les mete en la cabeza! Hacen así, ¡plaf!, y caen tiesas al agua.

Un golpe en la superficie les dibujó una gaviota suicida en el pensamiento. Un pez saltarín ratificó su contento dando un segundo salto.

—¡Ven! Vamos a sentarnos —dijo, señalando la piedra de los sacrificios. Ahora, con un abultado sobre en la diestra, le decía—: Te necesito a ti, no me sirve ningún otro. Tienes que ser tú.

Raven no estaba habituado a la navaja. Se sintió torpe al abrirla y más torpe aún al hundirla en el pecho de Salinari. El capo preguntó ¿qué pasa?, y puso cara de estar dispuesto a perdonar una interrupción, no dos. El acero actuó como una barra entre las ruedas: el corazón se detuvo en seco y, con el espasmo, Salinari cerró los dedos alrededor del dinero. No sufrió; no cuanto merecía, pensó Raven. Y fue como si las gaviotas hubieran percibido el tufo a muerte; las aves se entregaron a un frenesí ensordecedor que hizo aún más intolerable la escena. Le arrancó el sobre de entre los dedos y abandonó aquel armazón flojo, la espalda contra el respaldo, enfrentado al tumulto acusador de las gaviotas. Después, la doble espuela del miedo y la huida. Se marchó de Sicilia —ése era el propósito inicial— para no volver nunca más.

Y aquí estaba de nuevo, en la tierra de los cíclopes, en otra historia de monstruos, sin sueño y sin recursos para conciliarlo, de sudor un sudario, acosado por un mosquito tenaz. Gaspare había apagado las luces del techo y encendido una bombilla escuálida junto al banco de las herramientas. No hacía guardia. Se había dormido encima de la silla, el corpachón apoyado contra la mesa; sus ronquidos quebraban rítmicamente el silencio inerte.

La habitación del altillo también estaba a oscuras.

Necesitaba dormir tanto como los demás, pero los ayeres le habían jugado una mala pasada. No hacía otra cosa desde que llegó: sólo escarbar y escarbar en la memoria. ¿Y para qué? ¿Qué sentido tenía echarse en cara ser un vulgar asesino? Ya lo sabía. ¿De qué servía recordarse que el instinto de supervivencia lo había convertido en un depredador? Que nadie esperase otra cosa de él.

Amman había hablado de las salamandras. Dijo que eran capaces de atravesar el fuego sin sucumbir a las llamas. Su corazón, ahora que el incendio se propagaba, debía ser como el de aquellas bestias.

CAPÍTULO 12
EL QUE CORRE, HUYE

—Es hora de levantarse, compadre.

Raven abrió los ojos para enfocar el salpicadero; al volverse, se dio de bruces con los ojos enrojecidos y la expresión alicaída, sonriente, de Bonavolontá: «¡Vamos, el café está listo!». Enderezó el asiento sin ganas y se irguió como si tuviera un peso colgado del cuello; siguiendo las señales de un ligero escozor, se descubrió tres picaduras en el brazo derecho. Raven recuperó la Beretta, el móvil y salió del vehículo para desentumecerse. Tenían que poner punto final a la novela y temía lo que pudieran deparar los últimos capítulos.

En el altillo se escuchaba ajetreo. Mientras desayunaban, los jovencitos aparecieron en lo alto de la escalera. Traían las mochilas bajo el brazo y el aspecto de no haber descansado tampoco ellos. Se sentaron junto a la mesa, sin saludar.

—¿Cuándo nos vamos? —preguntó Virginia.

Raven la miró. Sin rencor. Con hastío.

—¿Habéis dejado todo en orden?

Ni la chica ni el novio mostraron haberlo entendido.

—El cuarto, ¿lo habéis dejado en orden? Esto no es uno de vuestros jodidos hoteles; aquí no hay servicio de habitaciones.

—Ponlo en la factura de papá —respondió ella.

—Para tener tantos remilgos, te comportas de manera bastante asquerosa.

—Por favor, larguémonos —intervino Davide—. Y acabemos de una vez.

Raven trasladó su rabia al chico. Por un instante le satisfizo su futuro inmediato. Si Santoro buscaba algún voluntario, se ofrecería gustosamente para darle un escarmiento a ese pimpollo de mierda. Gaspare percibió la ira contenida:

—No creo que hayan dejado el cuarto peor de lo que estaba.

Ahora hablaban ellos dos como si la parejita fuera invisible.

Raven se apoyó en Gaspare:

—¿Sabes? Me están dando ganas de ponerlos a limpiar el taller.

—A ellos le vendría bien y al taller también, pero no sería profesional.

Bonavolontà pronunció la palabra mágica, el ábrete sésamo que franquea el corazón de piedra de la montaña: ¡Profesional! Raven sintió flojear la rabia. ¡Qué sentido tenía enfadarse con un par de niñatos! Él era quien era; no podía reescribir su vida a estas alturas. Y aun así, ese algo que cualquiera habría considerado orgullo lo llevaba a preguntarse: ¿No tengo siquiera la opción de un gesto, un pequeño gesto?

La chica, temiéndose lo peor, dio un paso atrás:

—Hemos ordenado el cuarto, no se preocupe.

—¿Y por qué no lo has dicho al principio?

—¡Por favor! Estoy cansada.

—Oh, la princesita está cansada y el cansancio de la princesita es sagrado. No es mucho llegar cansada al final de la historia, ¿no? Pues a ver si te entran un par de cosas en esa cabecita tuya. Una: no puedes hacer siempre lo que te venga en gana sin pagar las consecuencias, ¿tomas nota? Y dos: mal camino llevas si piensas vivir sin deberle nada a nadie, ¿entendido?

Virginia respondió que sí con la cabeza.

—Y ahora esperaréis aquí, buenecitos, hasta que me duche. Si queréis café, lo preparáis vosotros.

Gaspare se olió las mangas de la camisa evaluando la urgencia de una ducha. Raven cogió su bolsa y subió al altillo. Habían hecho la cama, en efecto, pero el suelo estaba lleno de migas de pan y una leve hilera de hormigas se las llevaba hasta una grieta en la pared. En el baño, todo en su sitio. Se duchó, repasando los rostros de Salinari, Tancredi, Della Valle, Amman, y desandando los senderos abiertos en los mapas del ayer. También encaró el de Valentina. Y el de Torresan, aunque no tuviera rostro que ponerle. Terminó la ducha con un alivio parcial; se había desprendido del sudor reseco, pero la piel seguía resentida por la acción del fuego. Se afeitó. Usó la última muda limpia, y bajó al taller.

No añadiría ninguna más a las palabras dichas.

—¿Preparados?

De una manera u otra, todos asintieron. Alzó el portón para que saliera el Volkswagen y lo cerró con la esperanza de abandonar Palermo definitivamente. Él se sentó delante, junto a Gaspare. Detrás, Virginia y Davide se comportaban con la debida mansedumbre.

La ciudad amanecía desmayada. La mañana del domingo delataba el naufragio del sábado noche en forma de botellas huérfanas, apoyadas en un escalón por una mano que no volvió en su busca, contenedores ahítos y sin náusea, coches aparcados con escasa pericia en huecos espaciosos. Sentados en un banco, un par de náufragos se habían hundido en las arenas movedizas del sueño mientras esperaban la salida del sol o el adiós de la borrachera. Los más madrugadores eran los jornaleros del semáforo: vendedores de periódicos, parasoles o servilletas, y limpiadores de cristales más atentos a la disponibilidad de los conductores que a la roña del parabrisas.

No hallaron demasiado tráfico —de nuevo iban en sentido contrario a los peregrinos playeros— y el aeropuerto no estaba lejos, pero el recorrido se les hizo largo. Nadie hablaba con nadie; la voluntad de ignorar al contrario era manifiesta. Raven se quedó mirando las crestas de Sferracavallo como si le hubiera sido arrebatado algo. ¿Qué estará haciendo Valentina? Ahondando aún más el agujero donde se ocultaba. ¿Volverían a verse? Era harto improbable un regreso a Sicilia: no tenía muertos que honrar, sino un pequeño cementerio y fantasmas exclusivos que llevaba consigo allá donde iba, así pues…

El grito de Gaspare lo situó en las coordenadas incontestables del aquí y el ahora: «¡Echaos al suelo!». Lo dijo en ese tono que no se discute.

—Que me maten, compadre, que me maten si no…

La preocupación dibujó un rictus inquietante en su rostro.

Raven se alzó con cautela y vio la cabeza de Davide y la de Virginia surgir con cuajo comprensible. Habían entrado en una rotonda y, al reducir la velocidad, los vehículos se exponían a ojos avizores. Intentó descifrar el significado de un coche menguante en el rectángulo de la luna trasera.

—¿Qué has visto?

—Que me maten, compadre, que me maten. En ese Peugeot había uno de la pensión —Gaspare escogió un carril que se adentraba en la maraña aeroportuaria—. No he frenado para no hacernos notar. Pero…

—¿Crees que nos ha visto?

Gaspare se encogió de hombros.

—La cuestión es qué hacemos ahora.

Raven apartó la vista del vehículo sospechoso y se fijó en las caritas expectantes de Virginia y Davide. Si prepotentes le provocaban una aguda aversión, heridos por el miedo le inspiraban una lástima chocante. Los protagonistas del cuento estaban desbordados por las circunstancias; a la princesita le horrorizaban los dragones y el príncipe azul no sabía cómo combatirlos.

—No te detengas en la entrada.

Gaspare aceleró en el punto donde los taxis descargaban sus pasajes, los maleteros abrían sus bocazas y los viajeros sus carteras.

—¡Aquí! Para el coche aquí.

Detuvo el Volkswagen detrás de unos autobuses.

—Voy a echar un vistazo. Si se acercara alguien que no te inspire confianza, os largáis de vuelta al taller. Yo regresaré cuando pueda.

—¿Y si no regresas?

Era esa clase de pregunta fácil de hacer, difícil de contestar.

—Si no regreso, esta señorita te dirá cómo ponerte en contacto con su padre.

—¿Existe el riesgo de que usted no vuelva?

Virginia estaba claramente más preocupada por quedarse a cargo de Bonavolontà que por la suerte del pistolero.

—El riesgo existe siempre.

Desanduvo el camino hasta la terminal. Tuvo que subir medio centenar de metros una carretera en pendiente, el sol sobre su cabeza, la brisa marina en la nuca. Eligió el acceso inmediato, una puerta en el flanco izquierdo del edificio. Había un bar a la entrada, un camarero esmerado tras la barra, pocos clientes. Pidió un capuchino y se ocultó con disimulo tras un señor que tenía abierto el *Giornale di Sicilia*. Estudió el terreno: todo parecía tranquilo, ancho y ajeno. Se tomó el café, pagó y se aventuró una veintena de metros más. La gente iba y venía sin prestarle atención.

Localizó su vuelo en el panel luminoso: había empezado la facturación, mostrador número once. No disponían de mucho tiempo si no querían perder el avión. Y no obstante, el instinto le aconsejaba un reconocimiento previo, concienzudo. Subió por las escaleras automáticas a la zona de embarque, en la planta superior. Los viajeros husmeaban en tiendas que prometían el mismo *souvenir* a mil turistas distintos. Un quiosco: «No hay prensa extranjera, lo sentimos mucho, señor; los domingos no llega prensa de fuera». Fingió curiosidad delante de un escaparate acuario —dentro, la gente miraba al exterior como los peces en la pecera— y los vio reflejados en el cristal.

Si lo hubieran descubierto los otros, le habrían echado el guante sin dificultad. Por suerte, fue el primero en descubrir al adversario. Uno de ellos, el tal Gaetano, estaba apostado frente a la fila de pasajeros que se preparaba para superar el detector de metales. Hizo un segundo hallazgo ingrato: un agente de policía cerca, muy cerca, inexplicablemente cerca. Raven se ocultó tras un rebaño de excursionistas e interceptó un intercambio de miradas entre Gaetano y el agente, distraído, pero connivente. ¿O se engañaba? No quiso arriesgarse y emprendió la retirada. La sospecha bastaba para no dar aquel paso. No cogería el avión, no correría el riesgo de entrar en *terra incognita*, pero cometió un error diferente de camino al Volkswagen: llamó a Santoro desde el móvil.

—Don Matteo, hay cambio de planes.

La voz del capo era la de quien ha dormido la noche de un tirón:

¿Cambio de planes? ¿Qué ha ocurrido?

—¿Qué ha descubierto de Torresan?

¿Respondes a mis preguntas con más preguntas?

—También usted lo está haciendo. Y para la salvaguarda de su hija, sus respuestas son esenciales.

Había tocado la tecla exacta.

No te preocupes por ese Torresan.

—¡Cómo que no me preocupe! ¡Sus hombres están en el aeropuerto! ¿No se da cuenta? Van a por nosotros.

Santoro pareció, a la par, escandalizado y complacido:

¿Estás seguro de lo que dices?

Raven tuvo que reconocer que no.

—En cualquier caso, prefiero no arriesgarme. Volveremos a Roma por otros medios.

Pero, ¡qué dices! ¿Qué otros medios?

—Podríamos coger un barco hasta Nápoles.

Ni se te ocurra. Nápoles tampoco es seguro.

—Podríamos hacer el viaje en tren.

El auricular enmudeció. Don Matteo cavilaba. Al responder, adoptó un tono afectado, inconveniente:

No es mala idea, ni siquiera tendrías que llegar a Roma. Cuento con buenos amigos en Reggio Calabria. Al otro lado del estrecho de Messina estaríais a salvo.

—¿Entonces?

Si lo crees prudente, ¡hazlo! —Santoro consideró oportuno darle una muestra de apoyo—. *He hecho una óptima elección contigo, lo reconozco. Buscaba a alguien eficaz y me he encontrado con un auténtico profesional.*

¡Profesional! Era la segunda vez que apelaban a su profesionalidad aquella mañana. Ahora bien, si en boca de Bonavolontà era el reconocimiento de una opción vital, Santoro se limitaba a colocarlo en un punto de la jerarquía.

—Perdone que insista, ¿ha sabido algo de Torresan?

Nada en absoluto.

Raven no supo discernir si Santoro quitaba importancia a la falta de resultados o si realmente no daba el mínimo valor al contendiente; y en una situación semejante lo sensato era exagerar el poder del contrario, no quitárselo. Un desliz inadmisible en un tipo baqueteado como Don Matteo. Una idea se encendió y apagó como una intermitencia en una noche sin luna. Una idea insensata que unía en un nudo los muchos cabos sueltos. Iba a sincerarse, pero comprendió que, en caso de equivocarse, la sinceridad lo habría dejado en desventaja.

Santoro hablaba sin esmero, reforzando sus dudas:

He puesto en movimiento, ya sabes... Medios, personas, contactos. Y nada. La idea del traidor tampoco me convence. Suelo escoger a mis colaboradores entre los mejores, así que...

Lo peor no era tener un problema, sino oírse decir que el problema no existe.

—Intentaron secuestrar a Virginia.

Pero no lo consiguieron, esto es lo importante. ¡Esto es lo importante!—repitió el capo con la dosis justa de exasperación—. *Si le hubiera sucedido algo, no me lo habría perdonado jamás. Un buen padre vive para sus hijos. Ya te lo dije: cuando se es padre, se es para siempre. ¡Lo importante es que no le ha pasado nada! Ahora quiero que vuelvas a Roma, no te pido más. Tráeme a mi hija, es lo único que te pido* —carraspeó—: *Y al pipiolo que la acompaña. Tráemelo también a él.*

—Lo mantendré informado.

Había llegado a la altura del Volkswagen y esperó el final de la conversación antes de dar los últimos pasos. Bonavolontà, con medio cuerpo fuera del coche, intuía siquiera vagamente el estado de cosas. Virginia y Davide eran siluetas borrosas en la luna trasera; lo único cierto era su inquietud. Devolvió el móvil al bolsillo de la camisa. ¿Qué explicarles? ¿Cómo hacerles comprender, sin avivar el miedo? ¿Y por qué ahorrárselo?

—Me hubiera gustado equivocarme, compadre.

—Me hubiera gustado que te equivocaras.

—¿Qué se hace entonces?

—Volvemos al taller. No se me ocurre otro lugar seguro —Raven entró en el vehículo y, en vista de que los ojos grises de Virginia se agrandaban queriendo saber, le dijo—: No te preocupes, princesita, sólo he decidido cambiar de planes. No hay ningún peligro, de momento.

—¿Has hablado con mi padre?

Respondió que sí con la cabeza, sin entrar en detalles.

El camino de regreso fue más breve que el de ida. La

tensión y la confusión hicieron de las suyas; tenían que estar en un avión rumbo a Roma y, en cambio, volvían para echarse en brazos de una ciudad indiferente. Las vías de acceso a Palermo estaban prácticamente vacías, mientras en las de salida se formaban tapetes irregulares de techos donde restallaba un sol inclemente; las calles no eran las mismas de una hora antes. Al llegar al taller, el ruido del portón les dio otro motivo de disgusto que Bonavolontà intentó mitigar malamente.

—Sed bienvenidos nuevamente a mi humilde morada —puso tanto énfasis en la frase que casi resultó ininteligible. Raven aceptó la cerveza que propuso Gaspare, Davide la rechazó, Virginia no dijo ni sí ni no; se quedó unos minutos dentro del vehículo hasta que el calor la hizo salir.

—¿Cómo volveremos a Roma?

— Tu padre me ha pedido que lleguemos a Reggio Calabria. Allí estaríamos fuera de peligro.

—¿Estamos en peligro?

—Sí —respondió Raven—. Sí, porque esta ciudad ya no pertenece a los Santoro y tú eres una Santoro. Estuviste segura mientras nadie supo de tus visitas. Ahora…

—¿No podré volver a Palermo?

—En la vida, ciertas cosas se quedan atrás y ahí deben permanecer. Ningún lugar es indispensable.

—Unos no pueden volver —intervino Gaspare— y otros no podemos irnos.

Virginia lo miró disgustada; Gaspare no se dio por aludido.

—Mi compadre me ha contado por qué has venido —continuó—. Si no pudieras volver, no me importaría arreglar yo la tumba de tu madre.

A la joven se le estropeó el asco.

—¿Qué quiere decir… usted?

—Conocí a tu madre y era una señora —explicó

Bonavolontà—. Pero aunque no la hubiera conocido, estas cosas se hacen por cualquiera, ¿no?

También Raven se sorprendió de la propuesta. Y la turbación de Virginia le reavivó el sentimiento de lástima. Introdujo a Davide en su cuadro mental: el chico percibía con estupor la metamorfosis de su novia y la simbiosis iniciada entre ella y alguien tan opuesto como Gaspare Bonavolontà. Miró el reloj: casi mediodía. En estos momentos, su avión sobrevolaba el Mediterráneo. Huyó de la confusión quitándola de su vista: «Esperadme aquí», dijo, y salió para no tener que dar explicaciones. El desenlace se posponía unos pocos capítulos y necesitaba estar solo unos minutos.

El paseo tenía como objetivo un bar cercano. Halló un par de ellos cerrados, uno con demasiada gente en sus entrañas y otro demasiado vacío. Descartó un local porque exigía abandonar el lado en sombra de la calle y de repente se halló a mitad de camino de la estación de ferrocarril. Aligeró el paso impulsado por una meta concreta. Consultó los horarios en la estación: varios trenes llegaban hasta Messina; otros atravesaban el estrecho. Por la tarde había uno a Roma… Santoro habló de llegar hasta Reggio Calabria; no obstante, si no surgía ningún inconveniente podían continuar y estar en casa a la mañana siguiente.

Repasó mentalmente las charlas con Santoro.

El contraste resultaba como poco llamativo: Santoro lo había contratado para proteger a su hija y, llegado el momento de la acción, se negaba a reconocer el peligro. La idea insensata de una hora antes empezó a definirse: Santoro sabía quién era Torresan, no cabía duda. ¿Por qué no reconocerlo? Se alejó de la estación tirando de un hilo de Ariadna enredado en una curva del laberinto. ¡No! No se irían en tren, según lo acordado con Santoro. Actuaría por su cuenta. Le pediría un último favor a Bonavolontà, que los acompañara hasta el aeropuerto de Catania, en la costa Este de la isla. Haciendo así, estarían en Roma por la noche. Su misión era devolver a Virginia sana y salva, ¡lo haría!

Llamó a Santoro desde el móvil.

—¿Don Matteo? No iremos en tren.

Hubo un sobresalto sincero en el otro. Sorpresa. Extrañeza.

¿Ha ocurrido algo... en la estación?

—No, no se preocupe. Sólo quiero cumplir con mi trabajo. Usted me ha pedido que lleve a casa a su hija y lo haré. Se lo garantizo. Sana y salva. No me pregunte más.

Continúas pensando en lo del traidor. Verás...

—Han sido demasiadas coincidencias —interrumpió Raven, harto de vagas explicaciones—. Saben que su hija está en Palermo, lo saben.

¿Cómo volveréis? ¿En barco, en coche? ¿Por dónde?

—Es mejor que no se lo diga.

Dime dónde estáis ahora.

—Es mejor que no lo sepa.

Ese Davide Gentile sigue con vosotros, ¿verdad?

—Sí, viene con nosotros.

Bueno —dijo sin convicción—, *si crees que es lo mejor...*

—Creo que es lo mejor.

Al cortar la comunicación, Raven cayó en la cuenta de que era la segunda vez que usaba el móvil para llamar a Don Matteo. Había pasado un par de horas desde la primera llamada, tiempo suficiente para identificar el número del teléfono y remontarse hasta Gaspare Bonavolontà si disponían de medios necesarios. La arcilla del pensamiento adoptó una forma inesperada. Barajó las expectativas creadas y se complació de haber creído sinceramente en ellas. Si estaba en lo cierto, desde el instante en que había rechazado la idea de largarse en tren, éste se convirtió en el medio idóneo para salir de Sicilia.

Cuando entró en el taller lo esperaba una estampa insólita: Virginia y Davide aguardaban sentados junto a la mesa plegable y sujetando en sus manos un talismán benéfico: una lata de cerveza. Preguntó por Gaspare y la chica respondió que *il signor Bonavolontà* estaba duchándose, y señaló el altillo con el índice. No había bajado la mano cuando el mencionado apareció en lo alto de las escaleras, con una camisa y unos pantalones limpios y el pelo peinado hacia atrás, luminoso por la brillantina y el alborozo del rictus.

—Ha llegado la hora de las despedidas.

El rostro de Gaspare se oscureció mientras descendía:

—*Cumpà, chi mi sta' riciennu!* ¿Hay novedades?

—No quiero que sepas más de cuanto sabes. No descarto que Torresan o algún emisario suyo se presente aquí un día de estos.

—Explícate, compadre, que no me entero.

Raven le lanzó el móvil.

—Si alguien le pregunta a tu prima por el teléfono, que diga que se lo robaron. En cuanto a ti, aléjate una temporada de Palermo y encuentra una buena coartada para este fin de semana.

—¿Qué ha pasado? —intervino Virginia.

—Según yo, tu padre tiene un amigo que no lo es; sólo así han podido descubrir que estás aquí. Según tu padre, estoy equivocado. Si yo tengo razón, no sería difícil que dieran con nosotros a partir del número del móvil. Si tiene razón tu padre, me limito a extremar las precauciones. Lo prefiero así.

Gaspare habló de nuevo: ¿Entonces?

—Me quedo con la Beretta, por si las moscas. Y nos decimos adiós por el momento —Raven se acercó a Bonavolontà y le dio un abrazo y una palmada en la espalda—. Si todo va bien, Velasco te llamará. Deben pagarte los extras.

—¿No hay otra solución?

—Posiblemente, sí. Pero haremos como he dicho.

Virginia le tendió una mano indecisa:

—Gracias por todo.

—No hay de qué, señorita.

También Davide le estrechó la mano; se intercambiaron un mohín, ninguna palabra. Raven cogió su bolsa y los chicos las suyas; sin embargo, nadie se movió. Durante un instante, cupo la posibilidad de cambiar de planes nuevamente. Raven rompió el espejismo: ¡Vamos! Se repitieron las despedidas, las miradas, y el pistolero procuró que Gaspare comprendiera la situación:

—Vete unos días, cúbrete las espaldas, y hasta la próxima.

Gaspare lo retuvo del brazo, sin fuerza, con apremio:

—Ha sido como en los viejos tiempos, ¿verdad?

—Como en los viejos tiempos, sí.

Cuando salieron del taller, faltaba poco para las dos. Raven caminaba varios metros por delante, los chicos lo seguían agarrados a las mochilas con una determinación encomiable. En ningún momento se les pasó por la cabeza mirar atrás, ni a él ni a ellos. Aunque el hambre les oprimía la boca del estómago, el cerebro no atendía otra necesidad que la de llegar a la meta. Se quejaron del calor, por supuesto, pero no aminoraron la marcha. Media hora más tarde entraban en la estación ferroviaria.

De nada serviría ya volver la vista atrás.

Raven se secó el sudor con un pañuelo; los chicos lo imitaron. Al amparo de los techos altos del vestíbulo, el frescor y el gentío era lícito aceptar los síntomas de la normalidad y relajarse. Compró tres billetes de ida para Roma. Si cogían el primer tren vespertino llegarían a la capital al día siguiente, lunes, de madrugada. Virginia pregunto: ¿Y ahora?

—Ahora, almorzamos.

CAPÍTULO 13
BILLETE DE IDA

Almorzaron en el bar de la estación, en silencio; esto les permitió ordenar los pensamientos, no serenarse, y un poco de serenidad les habría hecho bien. A Raven le quedaba la duda... le quemaba la duda de si estaban haciendo lo correcto; la actitud recelosa de la parejita no ayudaba en absoluto.

En el momento de pagar la cuenta, Raven pidió un café en la barra y se distrajo con el periódico del domingo; lo ojeó despacio sin buscar nada, sin hallarlo en cualquier caso. La ausencia era tan alarmante como la presencia. Ninguna noticia sobre el episodio en la pensión Santa Rosalía, ¿no era la clase de suceso que la prensa anhelaba? Se molestó a unos turistas, ¿no pidieron explicaciones a nadie? ¿Ninguna denuncia? Hubo un disparo y acudió la policía. ¿No habían trascendido los hechos? ¿No llegó el reportaje a la redacción a tiempo? ¿O lo había apeado de la página una mano incontestable?

Se sorprendió a sí mismo saltando en pos de Virginia. Su mente la situaba en la mesa del rincón, cuchicheando con su novio, pero entrevió su silueta recortada en el vano de la entrada, la mochila al hombro, empujando la puerta. La agarró del brazo:

—¿Se puede saber a dónde vas?

Ella no hizo nada por zafarse, aunque concentró cólera suficiente en la respuesta:

—A hacer pis. ¿Puedo o no puedo?

—¡Debéis decirme cada cosa que hagáis!

—¿Puedo ir a hacer pis?

Le soltó el brazo y la observó mientras se alejaba. Davide se había alzado a medias y lo miraba con cara de pocos amigos; el pistolero avivó el desprecio señalándolo con el índice: «Antes de hacer nada, tenéis que decírmelo, ¿enterado?». El chico se dejó caer en la silla sin decir ni sí ni no. El barman, que había contemplado la escena con suma curiosidad, siguió a lo suyo cuando Raven regresó a la barra.

Abrió el periódico de nuevo y lo cerró al poco. No conseguía leer entre líneas y no era sensato engordar la sombra de la sospecha ni soliviantarse precisamente ahora, en la recta final. Necesitaba toda su sangre fría. Un reloj le informó de que pasaban unos pocos minutos de las tres. Faltaba un par de horas para la salida del tren. A Messina llegarían ya anochecido; a medianoche estarían al otro lado del estrecho y de madrugada, en Roma. Si todo iba bien, el lunes a esta hora habría concluido este jodido trabajito y tendría una idea clara de si había valido la pena. El reloj le advirtió que eran las tres y veinte. Y Virginia no había vuelto. Pagó el café y se fue para Davide; el chico se puso en guardia antes de que él abriera la boca:

—¿Y ahora qué pasa?

—¿Siempre emplea tanto tiempo en mear?

—Habrá encontrado el baño ocupado, ¡qué sé yo!

—Recoge tus cosas, ¡vamos a buscarla!

Raven cogió su bolsa y salió arrastrando tras de sí a un joven confuso que intentaba iluminar los hechos desde el sentido común:

—No se preocupe, no pasa nada. Las mujeres necesitan más tiempo que nosotros para hacer sus cosas.

—Ahórrate las explicaciones, por favor.

—¡Pero si es cierto!

Raven fue perdiendo empuje conforme se acercaban al baño. Una anciana descubrió sus intenciones y le aclaró lo que sabía: «Éste es el aseo de las mujeres; el de los hombres es aquél». Le dio las gracias sin moverse del sitio. Se giró hacia Davide con una idea a medio concebir que él completó de inmediato.

—Yo ahí no entro ni a tiros.

Se habría dejado matar antes de hacerlo.

—¿Y cómo sabemos que está bien?

—Lo está, ¡joder! Lo está —respondió él, frunciendo el ceño. Davide se iluminó—: ¡Mire! ¿Qué le decía? Ahí está.

Virginia asomaba en ese instante con la mochila en los brazos y se detuvo en seco. Se sonrojó al verlos y el rubor se tradujo en rabia:

—¿Habéis estado aquí todo el rato?

Davide se excusó: «¡Le estaba diciendo que no era necesario!». Raven no lo hizo: «¿No podrías ayudar haciendo las cosas más sencillas?». La réplica no se hizo esperar: «¿Y tanto cuesta entender que si una tiene que ir al baño lo mejor que puede hacer es ir al baño?».

—Olvidemos el asunto.

Raven se refugió en el reloj: las tres y media pasadas, y caminó unos metros en busca de una ruta entre las piernas de la gente. Unos trotamundos cargados de instrumentos exóticos se levantaron de un banco dejándolo a su entera disposición. Una señal del destino tan buena como otra cualquiera. ¡Venid! Él ocupó una esquina del banco, Virginia se sentó en medio y Davide en el extremo opuesto. Los jóvenes se cogieron de las manos sin mirarse, casi por instinto, como si los dedos no necesitaran de ojos que les guíen.

Un tren entró en la estación. Pasó delante de ellos

exhausto y fue frenando, extinguiéndose, hasta detenerse. Una treintena de personas acudió al encuentro; una señora sonreía antes de haber visto al recién llegado; un anciano, sin ese convencimiento, caminaba junto a la hilera de vagones con el ceño hosco, la preocupación dibujada con esmero, el vacío corroborando la angustia. La señora dio un gritito, uno de esos gritos que sirven para expresar alegría o espanto: un joven vestido de militar avanzaba hacia ella con un ademán de reproche: *Mamma! Ti avevo detto di non venire.* Raven buscó al anciano de antes. Se había obrado la metamorfosis; no era el mismo hombre, la frente se había librado de las arrugas, el rostro irradiaba satisfacción; le acompañaba una mujer que bien pudiera ser su hija y un niño, su nieto tal vez.

Cerró los ojos y echó la cabeza hacia atrás hasta posar la nuca en el respaldo. Quizás fuera el cansancio acumulado o quizás la tensión de la espera —la historia todavía no ha terminado—, el resultado en cualquier caso era uno: hartazgo. Con los ojos cerrados, se dejó confundir por las voces que iban y venían, voces fuertes, broncas, agrias, te llamé pero, en cuanto al lunes yo, tu marido, te decía, ¿mi marido?… Voces dulces, finas, sin nervio, a mí no me digas entonces, sería curioso que, no me hables, no quiero saber nada de… Voces de hombre en los sesenta, en los cuarenta, en los veinte. Voces de mujer, de mujeres. Voces trenzadas en diálogos sin árbitro y voces aisladas, como si el dueño estuviera inmerso en la burbuja de un soliloquio. El estruendo de un tren al ponerse en marcha lo distrajo.

Se puso en pie y se desentumeció.

Davide estaba repantigado de mala manera en el banco y Virginia echada sobre su pecho. ¿Hacían buena pareja? No sabría decirlo, no entendía de estas cosas. ¿Y cuándo ajustaría Don Matteo cuentas con el jovencito? Intentaría ahorrarse el mal trago. ¿Y cómo se lo tomaría ella? Pensó en aquél que tiraron al Tíber. ¿Virginia llegó a saber por qué acabó el romance? ¿Se había acostumbrado a perder así a sus pretendientes? Miró el reloj de nuevo: Ya falta menos. Los dedos índice y pulgar se unieron en el puente de la nariz. ¿Nada más? ¿Aquí acaba todo? ¿No quedan aún un par de capítulos para concluir esta novela? ¿Han terminado los reveses del relato, las hemorragias de la memoria, las preguntas al mundo? Tocó con la punta del zapato la punta del de la chica:

—¡Vamos! Nuestro andén es aquél.

Recuperó su bolsa y se la echó al hombro. Miró hacia atrás con el rabillo del ojo: los chicos lo seguían procurando no rezagarse; si alguien amenazaba con interponerse, preferían aligerar y adelantarse a cederle el paso. Faltaban aún veinte minutos para la salida, pero allí estaba el tren, una recua de vagones con una ancha franja blanca horizontal que separaba la base pintada de verde del techo pintado de verde: Trenitalia. Convalidaron los billetes.

—¿Has reservado asientos? —comentó Virginia.

Raven negó con la cabeza:

—Cualquier sitio vale.

A punto de subir a un vagón, vieron cuatro carabineros bien trajeados, enfrascados en una animada charla en la que no faltaba la exuberante mímica siciliana. Hizo una señal a sus compañeros y se decantaron por el vagón sucesivo. Subieron. Había un pasillo en el lateral izquierdo, según el sentido de la marcha, y una sucesión de compartimentos a la derecha, con los asientos enfrentados de manera que los pasajeros pudieran amenizar el trayecto escudriñando la indiferencia de los demás. Entraron en el primero que hallaron libre. Había dos rejillas portaequipajes, una desvencijada, la otra no, y allí fueron a parar las mochilas. Debajo de la ventana, disponían de una superficie para apoyar los brazos y, debajo, de una caja metálica a modo de papelera.

Raven volvió al corredor y bajó una ventana.

Echó un último vistazo a Palermo. Vio a un hombre empujando una maleta en estado de buena esperanza que intentaba subir antes de que las puertas se cerraran. En el andén quedaban unos pocos grupos apostados bajo las ventanillas; intercambiaban las últimas palabras con el padre o la madre, el hijo o la hija, el amigo o la amiga. El panorama era de absoluta calma, desidia incluso. Una brisa endulzaba esa hora incierta. Nadie daba muestras de impaciencia; ni siquiera cuando el jefe de estación, en la cabecera del tren, avanzó una docena de metros y, alzando el brazo, se dispuso a silbar. Lo retuvo unos segundos la llegada inesperada de tres hombres a la carrera. Raven conocía a dos de ellos, no al tercero. Cuando estuvieron arriba, el jefe de estación silbó satisfecho de la buena acción del día, y el pistolero escuchó los resoplidos de las puertas automáticas al cerrarse. Se echó hacia atrás como si el borde quemara. Virginia se dio cuenta de que pasaba algo.

—¿Pasa algo? —preguntó con voz entumecida.

Raven la miró con las mandíbulas apretadas. ¿Cómo habían podido saber que iban en ese tren? ¿Cómo demonios habían descubierto que estaban allí, ahora? Señaló a la chica:

—Tu teléfono, ¿dónde está tu teléfono?

—En la mochila, ¿qué pasa?

—¿Cuándo lo has utilizado?

—En el baño. He enviado un mensaje a mi hermano.

—*Cazzo! Cazzo!* Nos tenían localizados a través del teléfono.

—¿A qué te refieres? Me estás asustando.

—Los hombres de Torresan, princesita. Los dragones. Tenemos a tres de ellos de compañeros de viaje.

El tren había empezado a renquear y acunar a los viajeros, a moverse y abandonar la estación para salir a una explanada de vías enmarañadas.

—¡Dame ese maldito teléfono!

Virginia ya había abierto la mochila y tenía el brazo dentro. Le dio el móvil y retiró la mano velozmente, como si temiera ser mordida. Raven lo lanzó por la ventana abierta con todas sus fuerzas, el teléfono se estrelló contra un paisaje cambiante de casas bajas y grises, abochornadas por la cercanía del ferrocarril, naves abandonadas con las ventanas rotas, eucaliptos de un verde grisáceo y ramajes empolvados por el caballo de hierro. No fue suficiente para acallar su rabia. Miró a Davide:

—¿Tienes tú otro?

—Yo no —dijo abriendo las manos vacías—, yo no.

Raven volvió a la ventanilla, ¿saltar?

Se oyeron las puertas que comunicaban los vagones entre sí. Al fondo del pasillo, por donde temía ver aparecer a los perseguidores, lo hizo el cuarteto de carabineros de uniformes lustrosos y conversación encrespada. El grupo se detuvo a la entrada del corredor y se entretuvo en aclarar los puntos de un complicado razonamiento; hablaban de fútbol. Él jamás habría imaginado sentirse feliz de tener tan cerca a los agentes del orden. Ellos podían ser su salvaguarda en los siguientes minutos, ¿en las próximas horas? Procuró serenarse fingiendo interesarse por el paisaje. El tren había cobrado velocidad y alcanzaba rápidamente, y dejaba atrás con mayor celeridad, edificios en construcción idénticos a miles de otros edificios en miles de ciudades del planeta.

Se oyó nuevamente el bufido de la puerta y apareció la figura familiar del revisor. Pidió los billetes a los carabineros que, de repente silenciosos, los sacaron de los bolsillos respectivos para mostrárselos. El revisor entró en el primer compartimento y saludó.

Raven se volvió hacia los chicos:

—¡Los billetes! Viene el revisor.

—¿Qué hacemos? —preguntó la chica.

—Pues enseñárselos, ¿qué quieres hacer?

—¡No me refiero al revisor!

—¡Esperar! ¡Esperar! No hagáis nada, no llaméis la atención, disimulad. Que no se os note el miedo. Y dejadme pensar.

En apenas unos minutos salieron de Palermo. Por las ventanas se veían extensos naranjales interrumpidos por las geometrías blancas de casas desperdigadas o de pequeñas localidades huidizas. Pasaron junto a un promontorio arropado por chumberas. Un recuerdo empezó a definirse: unos rostros antiguos, unos nombres familiares, allí… Desmoronó el castillo de la memoria de un manotazo; era el momento de la acción. Se situó en el pasillo, a la espera. Los hombres de Torresan sólo podían llegar de aquel lado. Una sombra le cayó sobre los hombros. El tren recorría una larga cañada con una flora desconcertante: camadas de palmeras, ligas de eucaliptos, algún ciprés solitario, olivos eremitas, árboles rampantes sin nombre, ¿almendros? La luz se hizo más intensa al salir a campo abierto.

El revisor llegó, comprobó los billetes y se fue.

Volvió a escucharse la puerta del corredor. Con aire despreocupado, como quien no quiere la cosa, aparecieron los sicarios de Torresan. Allí estaban de nuevo Gaetano, el teórico cabecilla del grupo, y Paolo, el imbécil de las mejillas huesudas. El tercero podía ser hermano del gorila al que disparó en la pensión, pero es que todos los gorilas se asemejan; éste caminaba detrás de sus compañeros y su mole musculosa sobresalía por encima y por los lados del cuadro. Los carabineros los estudiaron sin disimulo; no eran presencias tranquilizadoras. Gaetano recurrió a la desfasada estratagema de encender un cigarrillo para disimular.

Un agente lo convino con voz seria:

—Aquí no se puede fumar.

—*Scusi, scusi*. Nada, nada, no se preocupe.

Gaetano devolvió el cigarrillo al paquete y el paquete al bolsillo. El percance los frenó; se quedaron en la plataforma entre los vagones, anclados a una falsa indolencia. En ningún momento miraron a Raven, que permanecía a la vista, con la mochila bajo el brazo y la Beretta no lejos de los dedos.

Virginia, desde el compartimento, musitó:

—¿Son ellos?

El mar irrumpió en las ventanas; la calidad aterciopelada de un lecho acogedor e infinito. Algunos escollos rompían esa mansedumbre horizontal y en la herida se formaban cicatrices de espuma. Al acercarse a Termini-Imerese, primera parada del trayecto, el tren redujo velocidad. En el puerto de la localidad, los brazos de unas grúas se afanaban alrededor del volumen desventrado de un barco de mercancías como los augures de antaño alrededor de las vísceras desparramadas del animal en donde interrogarían el futuro. ¿Qué leían en aquellas entrañas? ¿Cuál era el futuro?

Si no recordaba mal, la parada en Termini-Imerese sería breve. Apenas unos minutos para recoger unos pocos pasajeros. Se apostó en la ventana controlando quiénes subían y quiénes bajaban. Por un instante temió que los hombres de Torresan se adelantaran por el apeadero, aprovechando la parada, y sortearan el obstáculo provisional de los carabineros. No tuvieron tiempo o no repararon en ello. Pero la idea iluminaría sus cabezotas tarde o temprano. El tren se movió, el mundo se movió, ¿cuál era la siguiente parada? Raven dejaba traslucir su nerviosismo y a uno de los carabineros no le pasó desapercibido.

El agente se acercó con una cortesía extrema, maquinal:

—Perdone, ¿le sucede algo?

—¿Cuál es la siguiente parada? —preguntó Raven a bocajarro con una convencional mueca de confusión, marcando adrede el acento extranjero. A los turistas se les permiten pautas de comportamiento y extravagancias no consentidas a los compatriotas. La contraofensiva pilló por sorpresa al agente:

—¿La siguiente? Cefalú, creo.

—Muchas gracias —respondió Raven, mostrándose visiblemente aliviado—. Me tienen que dar una carta en Cefalú y pensaba que...

—No, no, no. Hemos dejado Termini-Imerese —el carabinero, para tranquilizarlo, repitió—: Cefalú es la próxima parada, la próxima.

—Gracias, gracias.

El carabinero saludó llevándose el dorso de la mano a la visera, mientras Raven hacía una rápida valoración del escenario. Un ciudadano japonés venía por el fondo del pasillo, sosteniendo una maleta delante de él, y se metió en el compartimento donde estaban Virginia y Davide. Los chicos buscaron con los ojos alguna indicación, pero él no podía distraerse. En Cefalú la parada duraba algo más y se le ocurrió una jugada peligrosa. El gorila se había asomado en un par de ocasiones por la puerta del vagón; su rostro no transmitía ninguna emoción, curiosidad sí, pero esta curiosidad colisionaba y se detenía en los uniformes de los carabineros. Fuera, corría ante él una costa crespa, una interrogación en las aguas, la silueta borrosa de una nave con un rumbo desconocido, ajeno al presente.

Raven se dio la vuelta. Al otro lado, tras los cristales del compartimento, se perfilaban montañas a contraluz. Virginia lo miraba con los ojos desorbitados, el gris oscurecido, como si pidiera auxilio: a su lado, el súbdito japonés se había despojado de los zapatos y los calcetines, había abierto la maleta y elegía unos calcetines limpios entre varios pares de distintos colores. Raven se puso el índice en los labios y abrió ambas manos indicándole que no se movieran de allí.

—No os mováis de aquí, ¿de acuerdo? Haga lo que haga yo, vosotros quietecitos. Si se acercaran esos tipos, pedís ayuda a los agentes.

En los minutos siguientes no se apartó del corredor.

El tren volvía a perder empuje. El carabinero de antes le recordó que se acercaban a Cefalú y Raven se lo agradeció con una inclinación de cabeza. Le llamó la atención un edificio de fachada amarillenta y persianas de un azul rabioso. La estridencia de los frenos, el chirrido del metal oponiéndose al metal y un altavoz anunció que la parada sería de siete minutos.

Corrió hasta la puerta más cercana, del lado opuesto a los carabineros, y bajó al andén. Se detuvo, no por desorientación, sino para atraer las alimañas hacia sí. Seis minutos. Del otro vagón descendió el gorila con una impaciencia que se apaciguó al verlo; ninguno hizo ningún movimiento. Cinco minutos. Raven se dirigió hacia la salida y fue alargando el paso al alejarse; el otro se lanzó tras él, acortando las distancias. Cuatro minutos. En la calle, el pistolero giró a la derecha. Por la acera venían dos parejas, cada mujer del brazo del marido correspondiente, hablando entre ellas animadamente. Raven aceleró el paso, trazando la huida, tirando tras de sí al gorila, y sorteó las parejas por un lado. Tres minutos. Corrió todavía unos metros más, se detuvo, y lanzó el brazo derecho contra el perseguidor; le encajó un golpe certero con el canto de la mano en la garganta. El tipo descubrió asombrado que a sus pulmones no llegaba aire suficiente. Dos minutos. El pistolero apartó aquel corpachón unos centímetros para asestarle el golpe definitivo; descargó en el golpe toda su fuerza y toda su furia, que eran muchas. La mueca idiota del otro le hizo comprender que estaba fuera de combate. Un minuto. Mientras el gorila se derrumbaba, tosiendo, él se precipitó de vuelta a la estación, esquivando las dos parejas e interrumpiendo su cháchara. Entró como una exhalación en el andén y subió al vagón de un salto. Medio minuto. Se agarró a la barra de la plataforma y aguardó los últimos segundos para recuperar el aliento.

Las puertas se cerraron. Reemprendían la marcha.

En el corredor, unos quinceañeros habían empujado a los cuatro carabineros hacia su compartimento. El agente le preguntó si había conseguido recoger eso que debían darle en Cefalú. Raven se golpeó con dos dedos el bolsillo vacío de la camisa: «Aquí está, gracias». Al fondo lo esperaban los semblantes incrédulos de Gaetano y Paolo. Procuró no reflejar nada en el gesto, ni una mínima muestra de sarcasmo. El tren entró en un túnel, se encendieron unas lucecitas y Virginia de pie quiso saber qué había hecho, la angustia mal disimulada por la juventud. El turista japonés la miró sorprendido: quizás no comprendiera las palabras, pero el estado de alerta era evidente. Raven susurró: «Limpiar el camino».

La negrura aumentaba y la oscuridad imponía discreción.

Cuando salieron del túnel, intercambió una mirada tranquilizadora con la chica. Que no duró. Otro túnel imperativo los engulló al poco. De nuevo fuera, se encontraron con unas vistas al mar pespunteadas por las pinceladas de unas retamas, ¿retamas? Una cala pequeña, un bote sin dueño, y otro túnel efímero. Otra vez el mar, una lengua de arena, apenas el mar, y un nuevo túnel. Luz. Oscuridad. Luz. Ahora el Mediterráneo, más cerca, y una línea de escollos brillantes por la acción de las aguas y por el abrigo de las algas; en una roca hay reunida una docena de gaviotas que la máquina no espanta. Antes de entrar en el túnel siguiente, Raven miró el reloj: Llevaban una hora de viaje. La tensión había hecho del trayecto un único instante. Sin embargo, el tiempo pasaba. El mar hablaba del atardecer. Las aguas habían perdido fulgor y ensayaban grises en las olas. El cielo se estaba desplomando sobre la tierra.

Los carabineros habían dado por concluida su discusión y se ensimismaban en el paisaje. La negrura los devoró. Luz. Oscuridad. Luz. Se asomó al compartimento. El turista japonés dormitaba con la maleta sobre las piernas. Virginia no le quitaba ojo, como si sospechara en él un enemigo oculto. Por las ventanas de aquel lado se veía un terraplén en donde se doraba un manto de hierba, un tramo de carretera y, durante unos segundos, la silueta de un vehículo blanco en sentido contrario.

—¿Qué ha pasado? —se atrevió a preguntar Davide.

—He quitado a uno de en medio.

—¿Cuántos más hay?

—Dos más —dijo mientras volvía al corredor.

Convenía relajarse. Ahora, los otros no bajarían la guardia. Pero, ¿qué harían? De actuar a la desesperada, él reaccionaría a la desesperada. Posiblemente, Gaetano y Paolo habían comprendido este punto, de ahí su cautela. Pero, ¿de qué modo se jugaría la partida? Entre las hipótesis barajadas, la peor adquiría consistencia: probablemente solicitaran refuerzos.

El tren atravesaba el cauce raquítico de un río que ya no era sino una cicatriz en un terreno yermo. Y los frenos detuvieron la mole de metal sobrecalentado. Quiso adivinar dónde se hallaban; no recordaba el lugar. El letrero azul de la estación decía: San Stefano C... Desde la ventana buscó a Gaetano y Paolo.

Seguían sin moverse del sitio; no le gustó.

Por el corredor se acercaba un joven vestido con ostentación y una sonrisa de arrogancia. No iba a ninguna parte, le bastaba con hacerse notar. Lo consiguió: su estupidez llamó la atención de todo el pasaje. Cuando pasó al lado de Raven, el dandi lo observó con el rabillo del ojo. En sentido contrario venían tres chicas con el look de asqueadas y malditas, vampiras inmunes al sol embargadas por la nostalgia de la sepultura. Más gente: un hombretón con treinta kilos de más y, por el olor, tres litros de vino de más. El hombre flotaba en la neblina feliz del borracho: «Madonna! Que me descuerno», gritó al arrancar el tren.

En medio de semejante bestiario, los últimos pasajeros eran escandalosamente anónimos, una familia corriente: el padre con las bolsas de viaje abría la marcha y la madre con un niño de cada mano la cerraba. Fuera, los colores seguían perdiendo matices, las plantas se desprendían del verde. La costa estaba desnuda, el mar pensativo. Llevaban casi dos horas de viaje. Se detuvieron por cuarta vez: Santa Agata Militello. Gente que subía, gente que bajaba. La plataforma estaba vacía.

Ni rastro de los matones.

Al reemprender la marcha, pasaron ante unas naves y unos vagones convertidos por el abandono en bloques cuadriculados de óxido concentrado. Se asomó al interior del compartimento. El súbdito japonés leía una guía turística con el libro vuelto hacia la ventana para recoger la última luz vespertina. Virginia se había quedado mirando fijamente el vacío y allí dentro andaba perdida; ni siquiera pestañeaba. Davide, por el contrario, tenía la mirada tirada por los suelos, que es donde encontramos las respuestas más satisfactorias a las preguntas más urgentes. En el corredor, los carabineros no hablaban; absortos, se ignoraban entre sí.

Otra parada: Capo d'Orlando. Dos horas y veinte minutos de viaje.

El tren se puso en movimiento y el paisaje crepuscular fue devorado por la negrura de un túnel inesperado. Mientras estaban a oscuras estalló una carcajada que duraba todavía cuando salieron a campo abierto; a alguien le había hecho gracia algo.

Nueva parada: Barcellona. Todo seguía en calma.

—Perdonen, estos sitios están reservados.

Raven se giró hacia la voz. A su lado, tres hombres con chaquetas y corbatas idénticas mostraban sus billetes al turista japonés y a los dos chicos. El primero comprendió enseguida y salió al corredor aferrado a su maleta. Virginia y Davide no reaccionaron.

—¿Qué pasa? ¿No habéis oído? —repitió el de la corbata.

— Le han oído, no sea impaciente —intervino Raven—. Venid.

—Los otros asientos están libres, si quieren…

—Que estiren un poco las piernas. Son jóvenes.

—¿Dónde vamos, eh? —Virginia desfallecía—. ¿Ahora qué hacemos, eh?

—Nos quedamos aquí —respondió Raven y, señalando a los carabineros, susurró—: Mientras tengamos a nuestros ángeles de la guarda no creo que intenten nada.

—¿No se han ido? —masculló ella. Con impaciencia.

—No. Pero son prudentes. No las tienen todas consigo.

—¿Qué podemos hacer nosotros? —dijo Davide.

—¡Tenéis que ser fuertes! Quiero que estéis en todo momento pendientes de mí y que hagáis cuanto diga.

—Se está haciendo de noche —interrumpió Virginia.

Y Raven a Davide:

—Tú preocúpate de ella, ¿de acuerdo?

En la siguiente parada, Milazzo, subió una horda de jóvenes con las cabezas rapadas: reclutas cargados de petates de camino al cuartel, en la península. En teoría, esto les beneficiaba. Cuanta más gente hubiera alrededor, más inconveniente sería actuar en su contra.

Y al final, Messina. Los carabineros se prepararon para descender; el turista japonés se iba con ellos. El tren entró en una explanada iluminada por farolas aún débiles. Unas palmeras salpicaban aquel espacio ralo; el mar se intuía no muy lejos, tras la silueta de unos edificios. La máquina se detuvo y la gente, mucha gente, empezó a bajar: los quinceañeros, las vampiras, el dandi, el borracho... A excepción de los reclutas, la mayor parte del pasaje había llegado a destino.

Esperó un par de minutos preguntándose de qué lado aparecerían los hombres de Torresan. ¿Por la izquierda? ¿Por la derecha? Dijo a los chicos: ¡Seguidme! Y ellos lo siguieron. Alcanzaron a poner un pie en el estribo. Debían haber aprovechado el tumulto para alejarse; ahora ya era tarde. Gaetano y Paolo aguardaban en el apeadero. El primero hablaba por teléfono, cubriendo el auricular con el cuenco de la mano, como para recoger la voz que se derramaba. Paolo, flanqueado por dos nuevos dragones, los señalaba con el dedo; sus compañeros asentían.

CAPÍTULO 14
DOMINGO NOCHE

Raven tiró de los chicos hacia dentro, les puso una mano en la espalda y los empujó en dirección al pasillo. Virginia estaba a punto de perder los nervios: «¿Qué nos pasará?», murmuró mordiendo las palabras. El miedo estaba abismando su capacidad de reacción; ni rastro de la jovencita arrogante de horas antes. El miedo es más fuerte que el orgullo.

—¿Qué nos pasará?— repitió.

—Si las cosas van mal, tú tendrás una oportunidad —respondió él—. Si Torresan no es un enemigo de tu padre, lo único que quiere es dinero. Si papaíto está dispuesto a dárselo, puedes respirar tranquila.

El mazazo surtió el efecto deseado:

—¿Qué quieres decir? ¿Y vosotros?

—Tu novio y yo sobramos, niña. Por eso —miró al chico; lo encontró pálido—, por eso tal vez harías bien en largarte. Contigo no va la cosa.

—¿Largarme, yo? —balbuceó.

—¿No has oído eso de que hay amores que matan? Bueno, pues es verdad. Ciertos amores pueden salirnos caros.

Davide miró por la ventana. En los andenes, la noche crecía.

—¿Y a dónde voy a ir? —dijo con un gañido. La mancha de sudor crecía inexorable bajo los sobacos estropeándole otra bonita camiseta. Avergonzado por su último pensamiento, añadió—: Me quedo con vosotros.

—Entonces quiero que estés alerta. No os separéis de mí. Si estuvierais obligados a separaros, no la dejes ni un momento, ¿de acuerdo?

—¿Y nos quedamos aquí, a la vista?

—¿Se te ocurre una idea mejor?

—Podemos encerrarnos en un baño...

—Un baño no es un refugio, es una trampa.

—Pero quedarse a la vista...

—Al escondite jugaremos después.

Se oyó la bocina del tren y los reclutas, que habían bajado a fumar un cigarrillo y estirar las piernas, subieron al vagón, y se restableció el paisaje triste de los andenes desiertos. Los perseguidores se habían volatilizado. La bocina volvió a oírse y la soldadesca la imitó con todas las variaciones imaginables. Se habían iniciado los preparativos para introducir los vagones en el ferri que atraviesa el estrecho de Messina. Las vías chirriaban en la quietud crepuscular y esos chirridos inspiraban extrañas fantasías en los pasajeros, mudos y expectantes por la maniobra.

El tren se detuvo unos minutos y un par de soldados decidieron dar la nota: uno gritaba exagerando complacido esa pronunciación local tendente a convertir ciertos grupos consonánticos en sonidos nasales: *Sono di Palemmo! Capite? Palemmo!*; decía «Palemmo» en vez de «Palermo». Cuando acaparó la suficiente curiosidad, el recluta empezó un chiste sobre un hombre que le pregunta a su esposa si se iría a la cama con otro por un millón de liras. Uno lo interrumpió para decirle que debía adaptar la historia a la nueva moneda: «¿Cuánto es un millón de liras en euros, eh?», preguntó. «*Ma io che cazzo ne so!*», respondió berreando; las carcajadas acudieron en tropel. Un minuto más tarde, una mecha misteriosa encendió una llama insólita y el mismo joven se puso a explicar con pasmosa sobriedad cuál era la mejor receta de los pimientos rellenos y cómo se preparaban las alcachofas al horno. En vista del silencio con que lo escuchaban, la gastronomía debía de apasionar a sus correligionarios.

Se escuchó la bocina por tercera vez y el tren empezó a moverse. Se detuvo debajo de un paso elevado, una estructura de vigas entrecruzadas e intensamente oscuras a contraluz. La misma bocina empujó el tren en sentido contrario, desandando el recorrido. Otro frenazo. Otro instante de espera. El soldado charlatán contaba algo sobre un sargento hijoputa que… Y el grotesco sonido de la bocina los arrancó de la inmovilidad. Dejaron atrás el paso elevado. Por un instante, el tren pareció frenar; sin embargo, se deslizó suavemente dentro del trasbordador.

Al otro lado de la ventanilla, la mirada tropezaba con la pared interna del barco, blanca, lúcida. Había tubos, cables, cadenas, un extintor, una manguera enrollada. Alguien abrió una ventanilla y en el corredor se extendió una vaharada de gasóleo. El aire se apelmazaba y hacía un calor insoportable. Los reclutas se dejaron llevar por el entusiasmo. Uno de ellos se acercó a Virginia y le dijo: «¡Ven, guapa, arriba hay unas vistas estupendas!». La chica miró al soldado, luego a Raven, y rompió a llorar sin moverse. «Pero bueno, ¿qué te sucede? ¿Qué he dicho?». Raven indicó al soldadito que siguiera su camino y éste acató la orden con prudencia.

—Debes ser fuerte un poco más.

—¿Dónde… Dónde están ahora?

—¡Vamos! Sécate las lágrimas.

Se estaban quedando solos. En el compartimento, los tres tipos con chaquetas y corbatas iguales, perfectamente aislados del resto de la humanidad, se intercambiaban unos folios que estudiaban con detenimiento. De ese lado, nada que hacer. En cambio, entremezclándose con los reclutas quizás tuvieran una oportunidad. «¡Seguidme! Seguidme en todo momento». Cogieron las mochilas y siguieron al último grupo de soldados. Cedieron el paso a tres o cuatro reclutas y se adelantaron a los tres o cuatro que cerraban la fila. La cercanía de la chica soliviantaba la bravuconería de la tropa; la presencia de sus dos acompañantes la refrenaba. Uno hizo un comentario en dialecto que podría traducirse así: «¡Pero qué paisajes más bonitos se ven en este barco!».

Una larga escalinata subía directamente a cubierta. A mitad del recorrido, Raven detuvo a los chicos y permitió que los adelantaran los demás. Miró hacia arriba, nadie, y hacia abajo, tampoco; sobre sus cabezas se escuchaba el trote de la soldadesca coronando la subida y dando las primeras coces. Tiró de la parejita por una puerta lateral. Estaban en una planta intermedia, donde embarcaban los vehículos. El calor tiraba de la gente hacia cubierta y el aparcamiento estaba vacío. Un grupo de turistas salió de una furgoneta, vino a su encuentro y la puerta que daba a las escaleras los devoró. Raven había disimulado secándole una lágrima a Virginia. Cuando los turistas se perdieron de vista, abandonó el pañuelo en las manos de ella, se acercó a la furgoneta y probó a abrirla. No pudo, pero de haber podido ¿de qué habría servido?

—Venid, apartémonos de la entrada.

Avanzaron a lo largo de una hilera de vehículos sin dueño. Ni un alma; nadie había querido perderse el espectáculo de la salida del puerto. El runrún de los motores iba en aumento y notaban bajo las plantas de los pies el desplazamiento del barco sobre los senderos del agua. Las risotadas de la cubierta se mezclaban con el bramido de las máquinas.

—Allí —indicó Davide—. Mirad allí.

Miraron en la dirección señalada: una puerta entreabierta. Se acercaron y la empujaron con cuidado. La portezuela se abría casi hasta tocar la pared de enfrente: un trastero. Habían aprovechado un punto muerto en la estructura de la nave para idear un cuartucho que ni siquiera cumplía sus funciones; había unos restos de cable eléctrico en el suelo y desperdicios en los rincones.

—Además, la cerradura está rota.

Raven recogió el cable eléctrico estudiando en qué utilizarlo. Tomó a Virginia del brazo y se la llevó hasta un lateral; Davide los seguía pisándoles los talones. Eligió un coche voluminoso y lo suficientemente mal aparcado como para disponer de espacio libre entre el casco de la nave y la carrocería del vehículo. Hizo pasar a la chica e invitó al joven a sentarse junto a ella.

—Que Virginia deje de llorar.

Necesitaba hallar una escapatoria y las ideas no acudían. No volverían al tren, pero ¿qué alternativas quedaban? Cabía convencer a alguien, por las buenas o por las malas, para que los llevara en coche. No obstante, ¿hasta dónde llegaba la influencia de Torresan? Si había movilizado a varios matones en Messina, no le resultaría difícil colocar algún peón al otro lado del estrecho. Los vehículos debían descender del ferri de uno en uno; bastaría una mínima vigilancia para cerrarles el paso: podían interceptarlos en la rampa de descenso o en la salida del puerto. Otra posibilidad era buscar un buen escondite en el barco. O entregar la chica al personal del mismo. No era la clase de publicidad que Don Matteo quería; sin embargo, era preferible a que su hija sufriera daño alguno. La pregunta más urgente era: ¿Hasta dónde llegaba la influencia de Torresan? Al enemigo se le puede despreciar, no menospreciar.

Durante unos minutos largos, larguísimos, no ocurrió nada. De repente, entraron dos hombres en el aparcamiento. El primero era Paolo; el otro, una de los recientes fichajes de Torresan. Un gesto hermanaba a ambos: la mano derecha apoyada en el vientre. Debajo de la camisa, en la cintura, la pistola.

Raven sacó la Beretta y entregó la mochila a Davide.

No hubo que pedirles que no se movieran; eran dos estatuas.

Paolo y su compinche recorrían la planta buscando entre los coches. Mientras uno se agachaba para mirar debajo de un vehículo, el otro vigilaba. Habían aprendido la lección, caminaban juntos, y sería imposible sorprenderlos por separado, de modo que, cuando estuvieron a pocos metros de distancia, Raven se abalanzó sobre ellos con la esperanza de arrastrarlos consigo. No lo consiguió. Agarró de la camisa al más cercano y giró sobre sí para usarlo de arma arrojadiza contra el compañero. El ardid no le salió bien. Paolo tuvo reflejos suficientes para arrearle una patada en el costado y sacar la pierna del remolino. Raven perdió el equilibrio y cayó hacia atrás tirando de una figura que se debatía entre los manotazos y las blasfemias; amortiguó el golpe con el brazo derecho, pero el matón se le vino encima inutilizándole la mano armada.

Una risita contenida se alzó sobre la zapatiesta.

—Quietecito, ¿eh? Stefano, ¡levántate!

El tal Stefano se apartó para dejar un buen blanco. La satisfacción le impedía percatarse de las novedades: Davide había abandonado el refugio y golpeado a Paolo con la mochila. A Raven le bastaron estos segundos para revolverse y reventarle los hocicos a Stefano con la Beretta. La sangre acudió en abundancia a la herida; un segundo golpe en la nuca lo sumió en el silo de la inconsciencia. Raven se puso en pie en el mismo instante en que Paolo se desembarazaba del joven y sopesaba la posibilidad de descerrajarle un tiro allí mismo.

—No se te ocurra moverte, ni un tanto así.

Con el rabillo del ojo, Paolo vio a su amiguito tendido en la cubierta cuan largo era, embozado en grumos sanguinolentos, y vio al extranjero con una pistola en la mano y decidido a hacer realidad su amenaza. Paolo abrió los brazos y los puso en alto. Cuando el cañón del arma se apoyó en la mejilla huesuda, cerró los ojos y los apretó, esperando la detonación. Unos dedos nerviosos lo desarmaron.

—Un movimiento en falso, uno solo —decía una voz sibilante—, y te juro que no lo cuentas.

Paolo se refugió en una mudez cautelosa, mientras Raven se adueñaba de la situación. Virginia asomó medio cuerpo fuera del escondite. Davide aguardaba instrucciones agarrado a la mochila, alterado, ansioso por utilizarla de nuevo; el demonio de la violencia había poseído su alma chiquita. Raven le entregó el arma huérfana:

—En la mochila, ¡los cables!

Empujó a Paolo contra un vehículo, encañonándolo. Le hizo cruzar los brazos en la espalda y con la ayuda del chico lo maniató. «Tira de este extremo», le decía a Davide, y Davide tiraba. «Pasa el cable por aquí», y Davide lo pasaba.

—¡Dame un pañuelo!

Davide sacó uno del bolsillo, sin convicción:

—Lo he usado.

—No importa, Paolo no es escrupuloso.

Amordazó al rehén sin preocuparse de sus arcadas. Lo empujó hasta el trastero; lo hizo hincarse de rodillas y empleó los extremos del cable eléctrico para atarle los tobillos a un tubo.

—Éste de aquí parece que se mueve —avisó Davide.

—¿No hay más cable?

El chico negó con la cabeza.

—Los cordones de tus zapatillas, dámelos.

En tanto Davide obedecía, Raven cogió al llamado

Stefano por los sobacos y lo llevó junto a Paolo. Con los cordones le inmovilizó las manos a la espalda y los pies a otra tubería. Lo reducido del espacio dificultaría la operación de desatarse. Entrecerró la puerta del trastero.

—¿Qué hacemos con esto?

El chico empuñaba las armas de los perseguidores.

Raven abrió la mochila. El joven se desprendió de ellas con evidente disgusto; le agradaba el tacto de las pistolas. «Ésta nos ha salido bien», musitó. No obstante, la situación estaba lejos de serles propicia. El aparcamiento ya no era un lugar seguro. A los demás les extrañaría que Paolo y Stefano no regresaran; y si acudían, no saldrían tan bien parados de otro encuentro semejante.

En el gentío tal vez tuvieran una oportunidad.

Hizo un gesto a Virginia para que se acercara. Un obstáculo insalvable, una burbuja de pánico, una sombra obscura le impedían moverse y Davide fue a su encuentro, le pasó el brazo por el hombro y tiró de ella con delicadeza. Raven guardó la Beretta bajo la camisa. En la escalera se encontraron con los ocupantes de la furgoneta. Estaban llegando a la costa; el trayecto de una orilla a otra no requería más de cuarenta o cuarenta y cinco minutos.

En la cubierta, bajo una bóveda celeste decididamente nocturna, los pasajeros se beneficiaban de la brisa marina y posponían el regreso a los vehículos. La noche era una capa abierta al viento y éste esparcía las palabras y las risas, susurraba en los oídos y alborotaba los cabellos. Los reclutas jugaban a lanzar sus gorras al aire y saltaban para recuperarlas. Raven retuvo a los chicos en un ángulo en penumbra.

Descubrieron a Gaetano y a su nuevo secuaz del lado de popa; caminaban junto a una barandilla, uno detrás del otro, asomándose al nivel inferior. Ellos se encaminaron hacia el extremo opuesto. Como si respondieran a una consigna secreta, dos soldados se dieron media vuelta y desaparecieron corriendo por el hueco de las escaleras; un tercero, abstraído, los siguió al saberse solo. La cubierta se quedó casi vacía; nadie se interponía entre ellos y los perseguidores. Subieron una escalerilla, pasaron por encima de una cadena y se introdujeron en el laberinto de proa; el sonido de los motores era más intenso. Desde allí verían sin ser vistos.

Los dragones miraban por la borda en dirección a tierra; un reguero de luces de casas, de pueblecitos, trazaban los contornos de la inminente costa. Algo en la actitud de los dos hombres confirmó las sospechas de Raven: no mostraban signos de impaciencia; estaban tensos, no nerviosos. Se separaron y Gaetano se dirigió hacia la puerta que bajaba al aparcamiento, mientras su compañero recorría el flanco de estribor hasta desaparecer de la vista.

En la cubierta quedaban unas pocas siluetas indecisas.

Raven se giró en busca de los jóvenes. El viento desordenaba la melena de Virginia. Davide, a su lado, se sirvió de una caricia para mantener el pelo en su sitio. Contribuyó a tranquilizarla quitándole un mechón de los ojos. No sirvió de mucho, los acontecimientos habían anulado la voluntad de la chica.

Con una esperanza ahogada por la ingenuidad, Davide preguntó:

—¿Cree que se han ido?

—Éstos no son de los que abandonan.

—¿Y qué están haciendo?

—Nos preparan un comité de bienvenida.

—¿Y qué haremos nosotros?

—No tengo la menor idea. Si las cosas empeoran…

—¿Todavía más?

—Si las cosas empeoran todavía más, puedo poneros a buen recaudo con la tripulación del barco. Podrían llamar a la policía, estaríais seguros.

—¿No vendrías con nosotros?

—No deben asociaros conmigo.

—No nos puedes abandonar —interrumpió ella, inquieta por dicha eventualidad—. Mi padre te dijo que nos llevaras a Roma.

—Si tu padre se hubiera tomado en serio a Torresan...

—Podríamos ocultarnos en alguna parte —sugirió Davide.

Raven estaba barajando esta posibilidad, pero escucharla en boca del joven bastó para desacreditarla. Esconderse, ¿dónde? Esconderse, ¿hasta cuándo? Esconderse, ¿para qué? Necesitaban una vía de escape, no un escondrijo, no una ratonera.

—Así que estabais aquí, ¿eh?

Raven lanzó una pierna contra la voz y la pistola que empuñaba el otro se le escapó de las manos. No obtuvo más de sus reflejos. Un puñetazo en pleno rostro abortó cualquier otra iniciativa y sintió el sabor familiar de su propia sangre empapándole los labios. No reaccionó a tiempo y unos nudillos pétreos se clavaron en sus ojos. La noche adquirió un repentino tono anaranjado. La tercera arremetida le instaló un zumbido insistente en los oídos y perdió momentáneamente el equilibrio. Raven recibió una patada cuando buscaba la Beretta; el arma huyó de sus dedos e hizo unas cabriolas sobre la cubierta. Ahora los dos estaban en igualdad de condiciones, desarmados. Su ojo izquierdo todavía no había recuperado la visión y no vio llegar el puño. Se agarró a una superficie metálica para no caer.

Davide quiso repetir la jugada de la mochila. El tipo detuvo el brazo, se lo dobló hasta hincar de rodillas al chico, y de un manotazo quitó de en medio el estorbo. Virginia chilló; lo había hecho antes y volvió a hacerlo mientras corría. El grito saltaba al tiempo que lo hacía ella y, por la parábola descendente del mismo, Raven comprendió que la chica bajaba unas escaleras, muy cerca.

El dragón había recuperado el arma. Con parsimonia. Raven saltó sobre él y lo abrazó para inmovilizarlo.

Su presa se mostró más divertida que preocupada:

—¿Qué? ¿Te gusta bailar?

Tras haber probado la consistencia de sus puños, Raven supo qué se siente al recibir el cabezazo de un mastuerzo con la frente acorazada. Logró dar unos pasos hacia el punto por donde había escapado Virginia. Una brisa de aire anómala en torno a sus pies, a ras del suelo, le indicó el lugar exacto de la escalinata y se arrojó por ella. El sicario de Torresan no esperaba una medida tan drástica y fue arrastrado como un fardo escaleras abajo. El truco era rodar utilizando al otro como colchón. Raven se golpeó el hombro derecho con la barandilla. Su oponente no tuvo tanta suerte. Hubo un chasquido, como el de una tabla al hacerse trizas, y el hombre mugió desconsolado; se había roto algo importante contra un peldaño. Fueron a parar junto a la borda, el mar al alcance, las olas contra el casco debajo de ellos. Raven agarró al tipo por las solapas y lo puso en pie. Le preguntó si sabía nadar. El otro no entendió la pregunta.

—Nadar, que si sabes nadar.

Respondió que sí, diligente, confuso.

Raven lo empujó y se sentó en el suelo, abatido. No oyó el impacto del hombre contra el agua, como si el viento lo hubiera arrastrado consigo. En los minutos siguientes no logró discernir qué le dolía más, si el hombro, la cabeza o la estima. Escupió un par de veces un empaste de saliva y sangre. El ojo izquierdo lagrimeaba irritado y las imágenes se deshacían sin conseguir fijarlas: la costa era un mosaico compuesto de teselas amarillas y rojas. Las luces de la orilla aumentaban en número; muchas de aquellas luces no existían. Virginia se había arrodillado junto a él.

—¿Estás bien?

—¿Estáis bien? —preguntó Davide.

177

El chico venía con las mochilas del brazo.

Puso la Beretta al alcance de Raven.

—Esto es tuyo.

El barco estaba aminorando la marcha y viraba hacia babor. Habían atravesado la bocana del puerto. El trayecto llegaba a su fin y Raven tuvo clara una cosa: no aguantaría otro asalto.

—¿Tenéis una bolsa de plástico, algo hermético?

—En las mochilas, las bolsas de la ropa sucia.

—Ahora serán las bolsas de la ropa limpia.

—¿Qué pretendes? —preguntó Davide, irguiéndose.

—Quitaos zapatos, pantalones y camisa. Nadaréis mejor sin ropa.

—¿Está bromeando? —exclamó Virginia.

—¿Tengo cara de estar bromeando? —ladró él—. Haced lo que os digo. O eso u os enfrentáis vosotros a los siguientes.

Ninguno de los jóvenes dijo o hizo nada.

—¿Tenéis una bolsa para mí?

—Tengo una grande con bocadillos.

Raven se descalzó y guardó los zapatos.

—¿A qué estáis esperando? —se quitó la camisa y los pantalones, ocultó la Beretta entre los pliegues y metió todo ello en la bolsa de plástico; la anudó a conciencia—. ¡Daos prisa! ¡Vamos!

Los dos jóvenes lo imitaron a regañadientes.

El barco continuaba la maniobra de alineación con la rada del puerto. A babor. De momento, esto ocultaba sus acciones a la vista de extraños. Raven tiró el contenido de su bolsa de viaje por la borda. «Dadme la ropa que la meta aquí». Le pasaron los paquetes de plástico, avergonzados por su cuasi desnudez, encogiendo los hombros ante el envite del viento.

—¿Y qué hacemos con nuestras cosas? —preguntó Davide.

—¿Tienes algo que sea insustituible?

El chico comprendió la indirecta.

Raven pasó al otro lado de la barandilla. Virginia se puso a su derecha, Davide a su izquierda: «Esto no puede estar ocurriendo», decía incrédulo. En sus miradas titilaba la esperanza en un milagro; el milagro que evitara dar el salto. Malos tiempos para los milagros. Raven empujó primero a ella, así será más fácil, y luego a él. Virginia chilló. Davide lanzó un gruñido: ¿Pero qué…? Y sin pérdida de tiempo se lanzó tras ellos. Las dos rosas blancas de los chapuzones, en el agua, habían abierto sus pétalos para recibirlo. Mientras caía, se preguntó si estaban haciendo lo correcto.

CAPÍTULO 15
FIN DE TRAYECTO

Ninguno de los tres olvidaría jamás cómo se abrieron aquellas aguas nocturnas y frías, sucias y turbulentas, para recibirlos. Tampoco olvidarían el alivio del aire al entrar en los pulmones cuando la sensación general es de ahogo, ni olvidarían la pequeñez del ser humano en medio de una noche y un mar sordos, junto a un monstruo de metal que abarca la totalidad del mundo. Afortunadamente, las maniobras de atraque mantenían aceptablemente inmóvil el barco. Raven dio una única orden, superflua: «Retirémonos». Y nadaron hacia la costa, apartándose del haz del puerto, con una intensa sensación de miedo. El mar de noche es, todo él, una bestia primordial. Urgía salir de esas fauces hediondas, escapar de esas olas que, como dedos, se aferraban al cuello, les cubrían la cara, y querían arrastrarlos a las profundidades.

Raven se detuvo para comprobar si alguien se había percatado de la huida. No halló ningún signo de ello. El barco se desplazaba lentamente, llenando el aire de un zumbido descomunal, pero parecía desierto. No había nadie a la vista. Ni pasajeros, ni tripulación, nadie.

—Ya estamos llegando, ¡un poco más!

Delante, difícil saber la distancia exacta, se oía el chapoteo del agua contra las piedras. Conforme se acercaron al ruido, se hicieron más nítidos los relieves de las cosas: líneas rectas y oscuras, ¿contenedores? Había una pared de cemento lisa, cubierta por un limo pegajoso. El borde estaba fuera de su alcance. Raven hizo un par de intentonas; inútil. Nadaron a lo largo del malecón una treintena de metros hasta dar con unos neumáticos atados a unas cuerdas trenzadas de algas. El panorama seguía siendo el de geometrías devoradas por las sombras.

A su espalda, el fragor del barco bajaba de intensidad.

Raven se izó el primero. La altura no era tanta como imaginó; el cansancio y la oscuridad lo habían confundido. Se sacó la mochila del cuello y ayudó a subir a Virginia, que se quedó tirada en el suelo tosiendo y escupiendo agua sucia, y luego a Davide, que maldijo a sus anchas:

—El agua está asquerosa, ¡asquerosa!

Se pusieron a cubierto detrás de unas hileras de tubos ordenados en formas piramidales. Raven miró por encima de ellos en dirección al puerto; el trasbordador había atracado, el estruendo de las máquinas descendía. Se giró hacia los chicos; estaban agotados por el esfuerzo. Les concedió unos minutos; también él los necesitaba. Debían recuperar el resuello y secarse un poco; la brisa ayudaría. Pasados esos minutos, se puso en pie y extrajo de la mochila los paquetes de ropa, unos amasijos chorreantes. Reconoció el suyo por el peso extra de la Beretta.

—Todavía estamos en la zona portuaria. Lo mejor es vestirse y largarse cuanto antes.

Virginia cogió su ropa y buscó cobijo entre los contenedores. Se desnudó y estrujó sus prendas íntimas para escurrirlas. Hizo lo mismo con el cabello. Tosía. Escupía. Callaba. Pero la sensación de que el peligro se había quedado atrás la serenaba. El miedo se había quedado en las aguas.

—¡Joder! En mi bolsa debía de haber un agujero —se

lamentó Davide—. Los pantalones están chorreando, ¡y la camisa!

Raven había terminado de calzarse los zapatos. Comprobó la pistola y la ocultó en la cintura. Ojeó la billetera: el dinero estaba algo húmedo, pero en buen estado.

—Estamos fuera de peligro, ¿no? —preguntó Virginia.

—Diría que sí —respondió él.

—El agua estaba asquerosa —masculló el chico.

—Calla, por favor. No lo repitas más —pidió ella.

—¡Asquerosa! —insistió él, ofendido—. Fría y asquerosa.

En la noche retumbaba el bramido de un tren; el tren que debería haberlos llevado a Roma. Oían la bocina con que dirigían las operaciones de enganche de vagones. Ellos se alejaron a lo largo de la costa, observando el mar, observados por él. Después atravesaron un intrincado trazo ferroviario, vías que se entrecruzaban en un delirio de líneas superpuestas, quebradas, rectas, curvas. Una valla metálica. En toda valla siempre hay un desgarrón, Raven lo sabía; caminaron hasta dar con él.

Tan importante como la distancia era la calma general.

Cuando pasaron al otro lado de la red, puesto que nada se movía salvo el mar y el viento, se detuvieron a tomar aliento. Sólo entonces se percataron de que Sicilia se había quedado atrás. La silueta de la isla se recortaba contra el metal del cielo; la rivera siciliana era un reguero de luces, muy revueltas en torno a Messina.

—¿Ya ha pasado todo? —quiso saber Virginia.

—Creo que sí.

Y sin embargo, ¿estas últimas páginas?

Cruzaron una carretera con rapidez y anduvieron campo a través alejándose de las casas; los ladridos de unos perros invisibles los acosaron un trecho. Subieron por un terraplén, bajaron una hondonada —un humedal reseco por el verano, la tierra cuarteada—, atravesaron una carretera comarcal y se dirigieron hacia un bosquecillo. Davide leyó en voz alta un nombre en un cartel, Scilla, y una distancia en kilómetros. Al reparo de unos eucaliptos y unas rocas, hicieron un nuevo alto. Raven preguntó:

—¿Sabéis quién era Scilla?

—Es una localidad, no una persona —respondió Davide.

—Hay un libro, se llama *La Odisea*, ¿lo habéis leído?

El silencio de ambos negó en su nombre.

—Pues bien, *La Odisea* está ambientada en Sicilia, al menos en parte. ¿Y sabéis cómo la describe? Como una isla habitada por monstruos —sonrió, pero sus acompañantes no se percataron de ello—. Ahora sabéis que es así, ¿no? Según *La Odisea*, Sicilia era la tierra de los cíclopes. No era el momento de hacer turismo, faltaría más, pero en el tren pasamos al lado de las rocas que Polifemo lanzó contra la nave de Ulises. ¿Sabéis quiénes eran?

—Los vimos en una película, en televisión —explicó Davide.

—¿Quién era Scilla? —intervino Virginia.

—Otro monstruo. El Estrecho de Messina estaba custodiado por dos bestias marinas, una en cada orilla. La que habitaba en el lado siciliano se llamaba Caribdis; la que habitaba éste, Escila. De ahí le viene el nombre al lugar.

—¿Y en Sicilia hay algún lugar llamado Caribdis?

—En Sicilia niegan que existan monstruos.

—No sé vosotros —interrumpió Davide—, yo estoy exhausto. ¿No podríamos descansar unas horitas? Nos las merecemos.

—¿Cuáles son los planes?

—Ya no hay planes, Virginia —contestó Raven—. No tenemos dónde ir, de modo que podríamos descansar un poco, como ha propuesto él. Cuando amanezca averiguaremos dónde puñetas estamos y llamaremos a tu padre.

Davide se dejó caer en el suelo. Virginia se sentó a su lado:

—Hueles que apestas —le dijo.

—El agua estaba asquerosa.

—Podías haberte limpiado un poco.

—¿Te acuerdas del salto, en el barco? —Davide estaba exultante—. No acabo de creerme que hayamos hecho algo así. ¿Cuánto tiempo ha pasado? ¿Una hora? ¿Dos? Pues lo pienso y no me lo creo. ¡Menudo salto!

La parejita cuchicheó unos minutos. Los comentarios fueron espaciándose, las pausas hinchándose, y un cuarto de hora más tarde eran dos bultos inmóviles de respiración acompasada y profunda. Raven apoyó la espalda contra el tronco de un árbol de manera que pudiera ver el campo alrededor. Las casas más cercanas estaban suficientemente lejos, por la carretera apenas pasaban vehículos, habían escapado. Podía concederse una tregua. Sin embargo, un sexto sentido o un exceso de adrenalina en el cuerpo le escamoteaban el sueño.

Pensó en los acontecimientos de las últimas horas. Creyó que no lo contaban, pero... Pensó en el fin de semana. Don Matteo le había deseado un buen fin de semana, ¡ojalá lo hubiera sido!, pero... Pensó en Valentina. Era muy improbable que volvieran a verse, pero... Pensó en Dante Nigro, que había muerto, que se había dejado morir, ciego y solo. ¿Era ése el único futuro para gente como ellos? Pensó en Gaspare Bonavolontà, ¿estaría a salvo? A la primera oportunidad, Velasco debía averiguar su paradero. No debería tener ningún problema, sin embargo... Y pensó en Torresan. En realidad no había dejado de pensar en él en ningún momento.

Casi había conseguido su propósito.

El lunes fue despertándose poco a poco. El cielo empezó a clarear. A pesar de agosto, quizás por la cercanía del mar, la madrugada llegaba fría. Los chicos dormían apretujados el uno contra el otro. Había decidido levantarse y estirar las piernas, cuando lo venció el sueño. Durmió de un tirón una hora. Y despertó sobresaltado y convencido de que alguien los observaba. Se restregó los ojos turbios, aferró la Beretta y buscó alrededor el origen de la inquietud. Nada. Nadie. Todo en calma. El campo. La carretera. Las casas. Se puso en pie con dificultad. Le dolía el cuerpo por la postura, por la carcoma del relente en los huesos y por los golpes recibidos.

Serían las seis de la mañana, más o menos.

Salió de debajo de los árboles para orientarse. Descubrió el cartel luminoso de un bar de carretera a unos quinientos metros. Debieron de haber pasado al lado durante la noche; no lo habían visto. Estaba abierto. Una furgoneta se detuvo delante y, en ese mismo instante, un coche rojo abandonaba la explanada que les servía de aparcamiento. Bien, desayunarían, se adecentarían y llamarían a Don Matteo. Despertó a los tortolitos. Les costó abrir los ojos, moverse, responder a los buenos días, y se pusieron en pie con un esfuerzo sobrehumano. No tenían un aspecto presentable.

—¿Dónde estamos?

Les indicó la meta inmediata:

—Preguntaremos en el bar.

Ninguno osó discutir. Necesito un café, musitó Davide, y un poco de agua y jabón, agregó Virginia. Lo primero fue alcanzar la carretera. Desde el arcén se veía un hermoso ángulo del Estrecho de Messina: La isla de Sicilia era un gigante gris e inofensivo en una mañana inocua. Cuando llegaban al bar, salió el conductor de la furgoneta aparcada fuera; los miró con disimulo mientras se sentaba al volante y con total desfachatez al poner en marcha el vehículo. Raven le buscó los ojos para interrogarlos. Virginia se dio cuenta: ¿Pasa algo?

Raven le puso una mano en el hombro.

—No te preocupes.

Eran los únicos clientes del bar. Un local chiquito y abarrotado por esa oferta de artículos que sólo se compran cuando estás de paso y que suelen extraviarse antes de llegar a destino. El olor del café resarcía de toda inconveniencia.

—*Buon giorno!* —el camarero los saludó con aspavientos amistosos—. Pónganse cómodos, enseguida los atiendo.

—*Buon giorno*. ¿Dónde está el baño?

—Donde están todos los baños, jovencita. Al fondo y a la derecha.

Ocuparon una mesa junto a un ventanal. Raven eligió un rincón desde donde observar la entrada; la puerta se había quedado abierta. El camarero salió de detrás de la barra, la cerró y se acercó con los brazos en jarras: «Ustedes dirán». Davide pidió por él y por Virginia, sin titubeos. La chica regresó pocos minutos después. Son increíbles los milagros que obra una pastilla de jabón en manos de una mujer; estaba fresca, radiante, como si hubiera pasado la noche en su camita y dormido nueve horas de un tirón.

—¿No os laváis siquiera las manos? —preguntó.

—Lo primero es echar algo al estómago —respondió Davide.

El camarero acababa de llenar la mesa de tazas y platos, creando una falsa estampa de abundancia; la chica se lanzó con decisión sobre un cruasán con crema.

—¿Me puede decir cuánto es y darme monedas para el teléfono?

—Inmediatamente, caballero.

—Por cierto, ¿cómo se llama este lugar?

El teléfono estaba en un extremo de la barra, al lado de los baños. Raven tiró del hilo del auricular cuanto pudo, apartándose del radio de influencia del camarero, y se apoyó distraídamente en el respaldo de una silla para no perder de vista el local. El camarero trajinaba en un estante: cogía una botella, pasaba la bayeta por la base y devolvía la botella a su sitio. Los chicos desayunaban. Davide intentaba convencer a Virginia de que probara un cruasán. Virginia le decía que no. Marcó el número de Santoro y la voz de Don Matteo tronó al otro lado, presa de una zozobra auténtica.

¡Raven! Por el amor del cielo, ¿eres tú?

—Soy yo, Don Matteo. Tranquilícese, Virginia está conmigo.

Pero, ¿dónde estáis? ¿Qué os ha ocurrido?

—Es largo de explicar, pero estamos bien. Ahora lo más urgente es que envíe a gente a recogernos.

Dices que Virginia está bien...

—Se ha llevado el susto más grande de su vida, pero está bien.

A Don Matteo se le escapó un bufido de placer.

Y ese Davide... ¿Está con vosotros ese Davide?

Había olvidado las intenciones de Santoro al respecto. Cuando respondió que sí, el bufido del otro se transformó en cloqueo y el alborozo aumentó. Para el capo, lo más importante era saciar el hambre. ¿Serviría de algo explicarle que el chico se había jugado el pellejo para ayudar a Virginia?

Os recogeremos ahora mismo, ¿dónde estáis?

Raven le dijo cómo se llamaba el lugar.

¡Lo conozco! No está muy lejos de Scilla, ¿no? Tengo hombres cerca. En quince minutos estarán ahí.

—¿Tan pronto?

Estaban anoche en el puerto, esperándoos.

—También los hombres de Torresan estaban allí.

¿Estás seguro? —un silencio impertinente se interpuso entre ambos—. *Nos vemos esta tarde, ¿de acuerdo?*

Raven supo entonces qué pieza faltaba en el puzle: la desidia y las recientes explicaciones de Santoro encajaron en el espacio hueco. La luz entró arrasando las dudas como si fueran hojarasca. De haber colgado el teléfono, habría terminado desechando la idea, pero necesitaba una certeza.

—Usted es Torresan, ¿verdad?

Don Matteo dijo unas palabras previsibles, las palabras que cualquiera diría en un momento semejante, tras unos segundos de incertidumbre reveladores.

Pero ¡hombre de Dios! ¿Cómo puedes pensar una cosa semejante?

Don Matteo debería haberse esforzado en sacarlo del error, insistir en que se equivocaba, persuadirlo, pero cortó la comunicación sin añadir una palabra, ahogado por la turbación. Raven sintió unos irreprimibles deseos de darle un puñetazo a algo, no importaba el qué. Cerró los ojos, y se vio arrancando de cuajo el teléfono y estrellándolo contra el suelo; los abrió, y colgó el auricular con cuidado; no debía perder la calma. Se sentía el mayor imbécil del planeta. Había participado en una pantomima ignorante de su condición de marioneta. *Virginia se ha llevado el susto más grande de su vida, pero está bien.* He aquí el objetivo de Don Matteo. El nombre de Sicilia ya no atizaría el fuego del ensueño.

Regresó a la mesa buscándole una moraleja a aquella maldita historia, sin desprenderse de los interrogantes más incómodos: ¿Qué otras instrucciones habían recibido los dragones? Por ejemplo, ¿qué tenían que hacer con él? No conseguía disimular la rabia y Virginia, al tropezar con su mirada, apartó el desayuno y se llevó una mano pequeñita a la frente. Adivinó que estaba a punto de romperse algo.

Un gesto. Bastaba un gesto para no sentirse un estúpido.

Sacó de la cartera dos billetes, los últimos, y los puso delante de Davide.

Que no comprendió.

—Quiero que desaparezcas. Con esto tienes para llegar a Roma.

Davide seguía sin comprender.

—Haz lo que dice, por favor —murmuró Virginia—. No me llames, te llamaré yo.

El chico no reaccionaba.

—Por favor, confía en mí. ¡Vete!

Davide terminó el café de un sorbo, recogió el dinero y miró a Raven como cuando se conocieron en el cementerio, como a una navaja abierta, tenso; como a una herida, ofendido. Se puso en pie y se apartó unos pasos.

Esperaba una explicación que no le dieron.

Davide salió del local como un turbión. El camarero lo saludó y continuó limpiando los estantes: cogía una botella, pasaba la bayeta y devolvía la botella a su sitio. La brisa matutina trajo un efluvio amargo que Raven relacionó con el de madera recién cortada. Se encaró con la chica:

—Ahora te voy a contar otra historia de monstruos.

Raven le habló de su padre, de cómo lo había conocido, de los trabajitos que había hecho para él, abundando en esas verdades que ningún hijo querría oír de su progenitor. Virginia escondió el rostro entre los cabellos —aquel tic comenzaba a serle familiar a Raven—; sin embargo, estaba muy atenta a lo que decía. Y él habló, habló, habló, desgranando la espiga, con los ojos fijos en la entrada.

La puerta había vuelto a quedarse abierta.